1퍼센트의
희망이라도

1퍼센트의
희망이라도

긴급구호의
최전선에서 써 내려간
감동의 기록

이용주 씀

양철북

고등학교 3학년 시절, 학비를 낼 수 없었던 저는 어느 날 학교로부터 다음 날 시작하는 중간고사를 볼 수 없다는 통보를 받았습니다. 그날 밤, 평소 존경하던 스승님을 찾아뵈었고 그분의 도움으로 귀한 후원자를 만나 무사히 학교를 졸업할 수 있었습니다.

가끔 틈날 때 선생님을 찾아뵙곤 했는데, 어느 날 "언젠가 꼭 빚을 갚겠습니다."라고 말씀드렸더니, "자네처럼 도움이 절실한 사람을 찾아서 돕는 것이 나에게 빚을 갚는 것이네." 라고 하셨습니다. 그 말씀은 평생 제 마음에 깊이 새겨져 있습니다.

대학교를 졸업 후, 선박 엔지니어로 십여 년을 바다에서 보내고 1984년에 다니던 미국 회사를 떠났습니다. 늘 마음속에 품고 있던 길을 가고 싶었기 때문입니다.

1996년 아프리카를 찾았습니다. 이 길이 나와 우리 가족이 가야 하는 길이라면 무엇을 할 수 있는지 알고 싶었습니다.

케냐를 거쳐 방문한 르완다는 처참했던 종족 분쟁의 아픈 상처로 가득한 땅이었습니다. 1994년 내전 3개월 동안 인구 6백만 명 중 1백만 명이 죽고, 2백만 명이 난민이 된 아픔이 여전히 사람들을 사로잡고 있었습니다. 2년이 지났지만, 보호자를 찾는 수많은 고아들의 사진이 동사무실과 시내 담벼락 곳곳에 빈틈없이 붙어 있었습니다.

두 주간 머물던 어느 날, 아프리카 친구들이 용서와 화해의 대규모 집회가 열리던 키갈리 국립경기장으로 저를 데리고 갔습니다. 그곳에서 깨어진 나라를 새롭게 회복하려는 사람들의 처절한 몸부림을 보았습니다. 부족 지도자들이 서로에게 용서를 구했고, 유럽의 개신교와 천주교 지도자들이 내전 당시 침묵했던 교회를 대신해 사죄하고 있었습니다. 정치도, 종교도 내버려 둔 이들을 누군가는 부모처럼 돌보아야 한다는 생각을 마음에서 떨쳐낼 수가 없었습니다.

그 후 같은 마음을 가진 친구들과 함께 1999년 동아프리카에서 우리 공동체의 첫 발걸음이 시작되었습니다. 그동안 보람 있는 일도 있었지만 지치고 힘들어 포기하고 싶었던 순간들도 많았습니다. 내전 중이던 남수단과 소말리아는 굶주림과 갈증, 질병의 포로가 되어 세상에서 잊힌 땅이었습니다.

서아프리카에서 시작된 에볼라는 2014년부터 2년간 전 세계를 두려움 속에 몰아넣었고, 그들 나라 국민들은 죽음의 공포에 떨고 있었습니다. 팀앤팀 긴급구호팀은 그 모든 전쟁터 한복판에서 유엔, 구호 단체들과 함께 사력을 다해 싸웠습니다. 어떤 생명이든 결코 공포와 두려움 속에 방치되어서는 안 된다고 믿었기 때문입니다.

모두의 헌신과 희생이 있었기에 여기까지 올 수 있었습니다. 많은 나라의 친구, 동료들이 문화와 언어의 장벽을 초월해서 함께 달려왔습니다. 이들의 소중한 마음을 생각하면서 공동체가 함께 걸어온 길을 적었습니다. 미성숙하고 부끄러운 제 인생을 다시 돌아보는 시간이기도 했습니다.

특별히 20년 가까이 생사를 함께한 공동체 가족 모두에게 감사와 격려를 드립니다.

저와 우리 가족의 인생 또한 힘든 여정이었지만 공동체가 있어서 풍요롭고 명예로웠습니다.

남은 시간도 우리 모두 이 길을 잘 달려갈 수 있기를 기대해 봅니다.

서아프리카 시에라리온에서
이용주

차례

1 ~~~~~ 목숨과도
같은

물

동부
아프리카
지하수
개발 현장

움직이지 마!

바람이 강해지고 있었다. 대낮의 열기가 잦아들면서 출발 준비로 분주했던 마음도 차분히 가라앉기 시작했다. 달리는 차창 밖으로 펼쳐지는 아프리카의 자연은 언제 보아도 평화로웠다. 하늘 가득 붉게 물든 황혼은 지친 마음을 품어 주는 고향처럼 포근했고, 힘차게 달리는 랜드로버의 강하지만 부드러운 엔진 소리는 언제나 그렇듯 친근하게 들려왔다.

우리는 어느새 나이바샤Naivasha 호수가 멀리 보이는 산 정상을 지나고 있었다. 해발 2천 미터가 넘는 이곳에서 바라보는 호수는 한 폭의 그림과도 같았다. 이날 밤 묵어갈 나쿠루Nakuru 까지는 넉넉잡고 삼사십 분이면 도착할 수 있는 거리였다.

2003년 9월 19일 금요일, 우리는 투르카나Turkana 지역 로코리Lokori에 지하수를 개발하기 위해 달려가고 있었다. 투르카나는 에티오피아, 남부 수단, 그리고 우간다와 국경을 접하고 있는 케냐 북서부의 광활한 반사막 지대로, 남한 면적의 77퍼센트에 달하는 넓은 땅에 50만 명 정도의 원주민들이 여전히 원시 유목 생활을 하며 살고 있는 곳이다. 한낮 온도가 섭씨 40도에서 50도까지 올라가는 뜨거운 기후에 지난 수년간 비가 내리지 않은 땅, 강은 사막처럼 말라 버렸고 사람들은 물을 찾아 마을을 버리고 정처 없이 떠나고 있었다.

바로 그곳에 지하수를 개발하기 위해, 우리 팀은 작업에 필요한 각종 장비와 물자를 세 대의 차량에 나누어 싣고 나이로

비를 떠났다. 맨 앞에는 패트릭Patrick과 스토니Stony가 굴착 장비
가 부착된 트럭에 에어 컴프레서를 견인했고, 그 뒤를 따르는
갤로퍼는 두식과 택균이 맡았다. 이 차에는 남부 수단에 있는
이태석 신부를 찾아가는 KBS 〈한민족 리포트〉 팀의 강성옥
피디와 카메라 감독이 동승하였는데, 이들은 국경에서 경비
행기로 남부 수단에 들어갈 예정이었다. 그리고 마지막으로,
키눙아Kynyunga가 운전하는 랜드로버 트럭이 작업에 필요한 물
자를 가득 싣고 제일 뒤를 따랐다.

　산을 넘어 평지로 내려온 차량들이 십여 분 더 달리자 경찰
검문소가 나왔다. 케냐 변방은 강도가 많은 지역이라 경찰들
이 곳곳에 바리케이드를 치고 지나가는 자동차들을 검문 검
색하는데, 우리 앞에는 십여 대의 차가 줄을 서서 통과하고
있었다. 날은 이미 어둑어둑해져 전조등을 켜야 했다. 검문소
를 통과한 후 잠시 눈을 붙이고 싶었지만, 불편한 조수석이
사치스러운 마음을 허락하지 않았다. 이런저런 생각에 다시
잠겨 들 즈음, 운전을 하던 키눙아가 갑자기 차를 세웠다.

　"펑크가 난 것 같습니다."

　웃으며 내리는 녀석을 따라 밖으로 나가 타이어를 살폈다.
오른편 앞뒤 타이어 두 개가 납작하게 내려앉아 있었다. 마치
날카로운 칼로 베인 것처럼 한순간에 바람이 빠진 것 같았다.
즉시 앞서간 두식에게 전화를 걸었다.

　"타이어가 펑크로 주저앉았어. 수리해서 따라갈 테니 걱정
하지 말고, 먼저 숙소에 가 있게."

　바로 그때였다. 전화를 끊고 미처 팔을 내리기도 전에 한

무리의 사람들이 반대편 도로 숲속에서 튀어 올라와 마치 유령 군단처럼 순식간에 우리를 덮쳤다. 그중 한 명이 소리치며 전화기를 빼앗았다.

"움직이지 마!"

무리는 열다섯 명 정도로 보였고, 손에 총과 칼을 들고 있었다. 그들은 이리저리 날뛰며 자동차에서 물건들을 끌어 내리기 시작했다. 제일 앞에서 소리치는 청년이 두목으로 보였는데, 손에는 2차 세계 대전에서나 사용했을 것 같은 구식 권총을 들고 있었다. 이들이 무장 강도라는 것을 깨닫는 순간 내 머릿속은 하얗게 정지되어 버렸다.

'아! 방심했구나. 저녁에 떠나선 안 되는 거였는데……'

동아프리카, 특히 케냐 변방에서 일하는 구호 요원들에게는 절대 어기면 안 되는 안전 수칙이 있다. 그런데 우리는 그중 가장 중요한 두 가지를 지키지 않았다.

'어두운 밤길을 여행하지 말라!'

'펑크가 나면 무조건 5마일을 더 달려서 정지하라!'

어두운 밤길을 달리는 자동차들은 강도들의 가장 좋은 타깃이다. 특히 영국제 랜드로버나 일제 랜드크루저는 대부분 국제 구호 요원이나 선교사들이 타는 차여서 표적이 되기 쉽다. 강도들은 차가 지나가는 길에 못을 뿌리거나 칼을 세워 두고 펑크가 나기를 기다리기도 하고, 때로는 운전기사를 향해 총을 쏘아 차를 세우기두 한다. 펑크가 나노 5마일을 더 달리라는 것은 주변에서 기다리는 강도들을 피하기 위한 것이다. 그러나 우리처럼 무거운 짐을 싣고 다니는 차량은 일단 펑크가 나면 멈추지 않을 수가 없다. 좀 더 일찍 떠났어야 하는데, 공항에 도착한 에어 컴프레서를 찾느라 시간을 지체한 것이 문제였다. 다음 날 아침 일찍 출발할까도 생각했지만, 원주민들과의 약속을 지키느라 무리를 한 것이다. 그들과 연락할 방법이 없었기 때문이다.

권총을 갖고 있는 청년이 우리를 끌고 숲속으로 들어가기 시작했다. 뒤를 이어 마치 포위하듯 대여섯 명의 강도가 함께 따라오고, 남은 십여 명은 계속해서 자동차를 약탈하고 있었다. 청년은 격앙된 목소리로 우리를 위협했다.

"이 총 보이지? 돈 어디에 감췄어?"

그는 눈앞에 권총을 들이대고서 돈을 주지 않으면 죽인다고 위협했고, 옆에 있는 키늉아는 주먹과 몽둥이에 맞으며 끌려가고 있었다. 강도들은 어느새 내 목에 걸려 있던 엠피스리 플레이어와 주머니에 들어 있던 물건들을 몽땅 탈취했고, 계속해서 소리를 질렀다.

"지갑은 어디에 있어? 이 총 안 보여?"

강도들은 우리보다 더 긴장한 듯 보였고, 이런 일에 능숙한 것 같지도 않았다. 나는 끌려가면서 계속 그를 설득했다.

"지갑이 차에 있으니, 자동차로 돌아가면 찾아 줄게."

한참을 그렇게 숲속으로 들어왔고, 옆에 끌려오던 키늉아는 보이지 않았지만 마음은 오히려 점점 차분해져 눈앞에 보이는 낡은 총이 사격이나 가능할까 하는 생각마저 들었다. 하지만 이대로 계속 끌려간다면 살아서 나오기는 어려울 듯해 보였다. 어떻게든 청년을 설득해 자동차로 돌아가야 했다.

목숨과도 같은 물

소말리아 국경 쪽 강도들은 사람을 서슴없이 죽이지만, 이곳 수단과 우간다 국경의 강도들은 원하는 것을 순순히 내어 주면 그렇게까지 잔인하지는 않은 것으로 알려져 있었다. 하지만 강도들의 얼굴을 보지 말아야 하며, 결코 반항하거나 싸우려고 해서는 안 된다. 이들은 자동차를 빼앗아 갈 수가 없기에 필요한 물건과 돈만 가지고 간다. 하나밖에 없는 자동차 도로의 길목마다 검문하는 경찰들이 지키고 있기 때문이다. 우리는 통상 현장으로 나갈 때에 지갑을 몸에 지니지 않고, 강도를 만나도 한 번에 다 뺏기지 않도록 돈을 자동차 구석구석에 나누어 숨겨 둔다. 그날도 지갑은 여행용 가방에 들어 있었고 돈도 여러 군데에 감춰져 있었다.

내 몸에서 지갑을 찾지 못한 청년은 분노를 참지 못하고 소리를 지르며 권총으로 내 머리를 내리쳤다. 쇳덩어리로 강하게 맞았지만 워낙 긴장된 상태라 통증이 느껴지지 않았다. 숨긴 곳을 대라며 계속 협박하는 그에게 영어와 스와힐리어로 반복해서 말했다.

"자동차로 돌아가면 지갑이 있다. 차로 제발 돌아가자!"

길길이 뛰던 그도 어쩔 수 없었는지 나를 데리고 자동차가 있는 곳으로 돌아 나오기 시작했다. 나는 뒤에서 따라오는 강도들을 간간히 소리로만 느끼며, 길도 없는 캄캄한 숲속에서 대충 도로가 있다고 여겨지는 방향으로 계속 걸었다. 강도들 역시 서둘러 따라오고 있었고, 얼굴엔 끈적끈적한 액체가 흘러내려 손으로 계속 닦아 내야 했다. 언제 강도들의 마음이 바뀔지 모르지만 일단 큰길을 향해 나온다는 것 자체가 불안

했던 마음을 조금 누그러뜨려 주었다. 죽일 마음이 있었다면 다시 데리고 나오지 않고 아까 숲속에서 끝냈을 것이다. 함께 끌려간 키능아는 어떻게 되었는지 전혀 알 수가 없었지만 나에게 하는 것을 보니 큰일은 당하지 않았을 것 같았다. 어떻게든 살아 있기를 바라는 마음으로 한참을 걸어 나오는데 멀리 큰길이 보이기 시작했고, 갓길에 서 있는 우리 자동차도 보였다. 여전히 총 든 강도들이 뒤에 따라오고 있었지만, 왠지 모르게 이젠 살았다는 안도감이 몰려왔다. 지갑을 주면 또다시 우리를 끌고 갈지, 아니면 얼굴을 보았다고 죽일지 예측조차 되지 않았지만 최악의 상황은 벗어난 것 같았다. 아마도 그때 '자동차로 돌아가자'고 계속 설득하지 않았다면 정말 큰일이 생기지 않았을까. 생각만 해도 등골이 오싹해진다.

우리가 큰길에 가까이 다가가고 있을 때, 멀리서 자동차 한 대가 상향등을 켠 채 우리 차가 서 있는 곳을 향해 천천히 다가오고 있었다. 직감적으로 앞에 갔던 갤로퍼가 다시 온 것임을 알 수 있었다. 우리가 오지 않자 가던 길을 돌아온 것이 분명했다. 갤로퍼를 보는 순간 심장이 멈추는 것 같았다. 강도들이 그쪽으로 간다는 생각만 해도 끔찍했다. 본능적으로 뒤를 돌아봤는데 따라오던 강도들이 한 명도 보이지 않았다. 가슴이 미친 듯이 뛰기 시작했다. 강도들이 틀림없이 갤로퍼로 갔을 것이라는 두려운 생각에 나는 단숨에 큰길로 뛰어 올라갔다. 갤로퍼와의 거리는 100미터 정도 되어 보였는데, 마침 멀리서 달려오는 대형 트럭이 있어 두 손을 들고 길을 막으며 필사적으로 차를 세웠다. 그 뒤로 두세 대의 트럭이 차례로 멈춰

목숨과도 같은 물

섰고 운전기사들이 달려왔다. 한밤중에 피투성이가 된 외국인이 사력을 다해 차를 세우는데 그냥 갈 수는 없었을 것이다.

"강도를 만났습니다. 도와주세요!"

절박한 요청에 사람들이 모여들었고, 각자 한 가지씩 싸울 수 있는 도구를 손에 들고 함께 갤로퍼 방향으로 뛰기 시작했다.

한편, 갤로퍼는 우리를 찾아 돌아왔는데 갓길에 서 있는 차에 사람이 안 보여 의아해하며 가까이 접근하고 있었다. 그러는 와중에 갑자기 앞쪽 먼발치에서 한 사람이 숲속에서 나와 도로 위로 뛰어 올라오는데, 불빛에 비친 얼굴이 온통 피투성이였으니…… . 권총으로 머리를 강타당해 흘러내린 피로 얼굴이 흥건한 나를 발견한 것이다. 차에 있던 사람들은 교통사고라고 생각해 자동차가 멈추면 달려가려고 초조히 기다리고 있었다. 하지만 자동차가 미처 서기도 전에 어둠 속에서 한 무리의 사람들이 나타나 순식간에 차를 에워쌌다. 조수석에 있던 택균은 창밖에 권총이 보이자 무심결에 왼손을 들었는데, 그 순간 권총이 발사되고 말았다.

"탕!"

총알은 유리를 박살 내고 택균의 손바닥을 옆으로 관통했다. 그리고 유리를 부수며 생긴 총알 파편들이 코와 목젖을 스치며 지나갔다. 뒷자리에 있던 강 피디는 파편이 뒷목을 비껴 지나가 다행히 다치지 않았는데, 운전석에 있던 두식은 파편이 오른편 눈두덩을 강타했고 또 다른 파편이 손가락을 치고 지나갔다. 강도 무리는 갤로퍼에 타고 있던 네 명을 끌어 내리고 순식간에 차 안의 물건들을 약탈했다. 카메라 감독은 피투성이 얼굴로 도로에 나타난 나를 촬영하려고 미처 서지도 않은 차에서 내리려 문을 열었다가 강도들에게 잡혀 숲속으로 끌려 들어갔다.

멈춰 선 트럭과 버스에서 내린 사람들을 데리고 갤로퍼 방향으로 움직이기 시작한 나는, 느닷없이 귓전을 때리는 총소리에 놀라 전력을 다해 갤로퍼 쪽으로 달려갔다. '공포탄이겠지. 설마 사람에게 진짜 쐈겠어?' 하는 생각을 짧은 시간에 수없이 되뇌며 달렸다. 갤로퍼 곁에는 얼굴에 온통 피를 뒤집어쓴 두식이 멍하니 서 있었고, 바닥에는 택균이 한쪽 손을 잡은 채 고통스러워하며 뒹굴고 있었다. 우리가 나타나자 강 피디가 달려와 울부짖으며 말했다.

"최 감독님이 숲속으로 끌려갔어요!"

이 모든 상황이 마치 한 편의 영화처럼 눈앞에서 벌어지고 있었다. 얼굴 전체에 피를 뒤집어쓴 두식을 보는 마음이 부서져 내렸다. 신음을 애써 참으며 바닥을 구르고 있는 택균의 모습은 숨을 멎게 했다. 그러나 마냥 그렇게 서 있을 수만은 없는 일이었다. 누군가는 이 혼란을 수습해야 했기에 정신을 차리고서 몰려온 사람들에게 소리쳤다.

"도와주세요! 부상당한 동료들을 가까운 병원으로 후송해주실 분 없습니까?"

두세 번 애타게 외치자 케냐 청년 두 사람이 달려왔다.

"저희가 도와 드릴게요."

청년들은 즉시 부상당한 두 사람을 태우고 강 피디와 함께

목숨과도 같은 물

떠났다. 이젠 인질로 끌려간 최 감독을 빨리 찾아야 했다.

"한 사람이 끌려갔어요. 강도들이 저 방향으로 도망갔습니다."

하지만 강도들이 총을 가지고 있다는 말에 아무도 선뜻 숲 속으로 들어가지 못하고 머뭇거리기만 했다. 급한 마음에 내가 먼저 숲속을 향해 뛰어 들어가자, 버스에서 내린 사람들을 포함한 삼사십여 명이 손에 몽둥이를 비롯한 장비 하나씩을 들고 따라 들어왔다. 숲속을 한참 동안 이 잡듯 뒤지는데, 어디선가 익숙한 한국말이 들려왔다.

"저 여기 있습니다."

최 감독의 목소리였다.

"끌려가고 있는데, 차들이 서고 사람들 소리가 들리니까 강도들이 카메라만 뺏고 절 버려 둔 채 도망갔어요. 전 너무 두려워 정신을 못 차리고 쓰러져 있었고요. 아까부터 사람들 소리가 들렸지만 무서워 일어설 수 없었어요."

일단 최 감독이 나타나자 모두 한숨을 돌리고 사태를 수습하기 시작했다. 모여들었던 트럭과 버스들이 차례로 떠나고 우리만 남게 되었을 때 문득 두려움이 덮쳐 왔다. 제일 먼저 앞서갔던 패트릭과 스토니는, 나쿠루까지 갔는데도 뒤따라오던 두 대의 차가 보이지 않자 되돌아와 기가 막힌 현실 앞에 망연자실해 했다.

일단 현장에서 더 이상 할 수 있는 일은 없었다. 서둘러 펑크 난 타이어를 교체하고 부상당한 친구들부터 찾기로 했다. 병원에 보내긴 했지만 케냐 변방의 낙후된 의료 시설을 잘 알고 있기에 걱정이 되었다. 어느 병원으로 갔는지 알 수 없어 일단 나쿠루 시내부터 찾아보기로 하고, 세 대의 차량에 나누어 타고 출발했다.

현장을 떠나 어두운 밤길을 달리기 시작하자 마치 꿈에서 깨어나듯 온갖 생각이 밀려왔다. 권총으로 위협하던 강도의 얼굴, 자신이 더 긴장해 연신 주변을 두리번거리며 소리치던 모습, 흡사 굶주린 늑대와도 같던 그 모습들, 그리고 피투성이가 된 채 괴로워하던 동료들의 모습⋯⋯. 그동안 숱한 어려움과 난관을 헤치고 여기까지 왔지만, 이날 우리는 최악의 상황에 부딪혔다. 도움이 절실한 사람들에게 다가가기 위해 치러야 하는 대가를 예상하지 못한 것은 아니었지만, 부패한 관리들의 방해는 애교에 불과할 정도로 현실은 험하고 난관투성이였다. 아직 변변한 조직조차 갖추지 못한 우리의 순진한 발걸음이 어디까지 가능할지, 과연 끝까지 이 일을 잘 해낼 수 있을지 질문을 던져야 했다.

우리가 강도를 만난 곳은 나이로비에서 북쪽 방향으로 150킬로미터 떨어진 길길Gilgil이라는 지역이었다. 이 마을에서 남쪽 나이로비 방향으로 50킬로미터 내려오면 큰 호수를 끼고 대형 화훼 농장과 각종 비닐하우스가 줄을 잇고 있는 호반의 도시 나이바샤가 있다. 반대로 북쪽 수단 방향으로 50킬로미터 올라가면 광활한 서북부 곡창 지대의 중심 도시 나쿠루가 나온다. 나쿠루는 각종 농기계를 판매하는 회사와 공장이 가득한, 이 나라에서 세 번째로 큰 도시다.

하지만 사고가 일어난 길길은 부유한 두 호반의 도시에 끼여 있는 가난하고 낙후된 시골 마을이다. 강도들이 어느 지역 주민인지 알 수 없지만 먹고살기 힘든 이들이 부유한 외국인들을 강탈하고 싶은 유혹을 뿌리치기 쉽지 않을 것이다. 사고 나기 십 분 전에 십여 대의 차량과 함께 검문소를 통과했는데, 제일 후미에 따라간 우리 자동차를 노린 것이 틀림없었다.

시간은 어느새 자정을 훨씬 넘었지만 나쿠루에 있는 병원 어느 곳에서도 우리 식구들을 찾지 못하다가 사고가 일어난 길길 보건소에 가서야 두 사람을 발견했다. 응급 처치를 받고 침대에 누워 있는 친구들을 만나니 비로소 안심이 되었다. 두 사람은 오히려 우리를 걱정하고 있었던 듯 우리가 나타나자 너무나 반가워했다.

"무사했구나! 치료는 어떻게 됐어?"

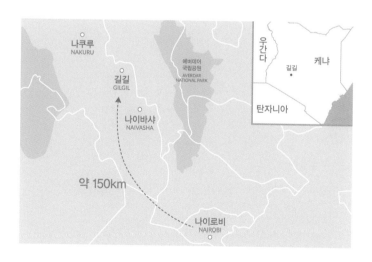

▲ 서둘러 구호 현장으로 가던 중 '길길'이라는 지역의 국도에서 한밤중에 무장 강도의 공격을 받았다.

"여기 보건소에는 소독약과 붕대 말고는 약이 없어서 지혈을 위해 붕대만 겨우 감아 놨어요. 택균의 출혈이 멈추지 않아 걱정되네요."

두식이 염려스럽게 말했다. 길길 보건소는 임시 막사 같은 건물 두세 동에 의사도 없이 서너 명의 보조원들이 일하고 있었는데, 간단한 수술 도구조차 없었다. 지혈이 되지 않는 택균을 위해 한시라도 빨리 나이로비로 이송해야 했다. 그때 두 사람을 이곳 보건소까지 데려다준 청년들이 다가왔다.

"빨리 나이로비로 이송해야 안전할 것 같네요. 저희도 떠나야 하는데 원하시면 모시고 가겠습니다."

나는 두 사람이 아직 가지 않았다는 것을 알고 깜짝 놀랐다. 사실 두 사람의 얼굴도 기억하지 못하고 있었기에 이들이 있으리라고는 상상도 못 한 터였다. 이곳까지 데려다주고 다섯 시간이나 지난 지금까지 함께 있었다니 놀랍고 고마운 사람들이었다.

"고마움을 어떻게 표현해야 할지 모르겠습니다. 헐링검^{Hul-lingum}에 있는 여성병원^{Woman's Hospital}으로 데려다주시면, 나이로비 사무실에서 모든 준비를 해 놓고 기다릴 겁니다."

두 청년은 오히려 우리를 걱정해 주며 길을 떠났다.

잠시 후 패트릭이 전화기를 건네주었다. 전화기에서는 뜻밖에 아내의 목소리가 흘러나왔다.

"여보, 무슨 일 있어요? 당신에게 전화하니 어떤 케냐 사람이 스와힐리어로 몇 마디 소리치고 전원을 꺼 버렸어요."

순간 정신이 번쩍 든 나는, 아내에게 차분히 상황을 이야기해 주었다.

"실은 사고가 있었어요. 두식은 한쪽 눈에 부상을 입었고, 택균은 왼손에 상처가 났어요. 지금 막 나이로비로 떠났으니 두 시간쯤 뒤 여성병원에 도착할 거예요. 둘 다 온몸이 피범벅이니까 갈아입을 옷을 가져다줘요. 피를 씻어 내고 옷을 갈아입은 다음 부인들이 오면 좋을 것 같아요. 우리는 아침에 경찰서에서 사고 경위 조서를 작성하고 오후에나 갈 수 있을 거예요."

직접 만날 때까진 무장 강도의 총격을 받았다는 이야기를 차마 할 수가 없었다. 더욱이 두식의 아내가 임신 4개월이었기에 태아에 충격을 줄까 염려가 되었다. 병원 응급실에 도착한 두 사람은 두 시간여에 걸친 응급 수술을 무사히 마치고, 병원에 찾아온 가족들과 만날 수 있었다.

다음 날, 강 피디와 카메라 감독이 케냐를 떠났다. 강 피디는 남아서 다시 취재를 하고 싶어 했지만 본사에서 허락하지 않았다. 두 사람을 보내는 우리의 마음은 너무나 안타까웠고, 강 피디는 온통 눈물범벅이 되어 공항을 떠났다. 공항에서 돌아오는 길, 평소처럼 혼잡한 퇴근길 자동차 안에서 나는 3주 전 걸려 온 한 통의 전화를 생각하고 있었다.

"KBS 〈한민족 리포트〉 담당 피디 강성옥이라고 합니다. 지구촌 구석구석에 계신 한국인들을 취재하여 매주 한 시간짜리 다큐멘터리를 방송하고 있습니다. 여러 사람들로부터 팀앤팀을 추천받았습니다. 사업 현장을 취재하도록 도와주실 수 있는지요?"

팀앤팀은 당시 이미 몇몇 방송국과 신문사로부터 동일한 취재 요청을 받고 있었지만, 내부적으로 지금은 때가 아니라고 생각하여 거절하고 있었다.

"미안합니다. 방송은 어려울 것 같습니다."

이번에도 역시 정중하게 거절했다.

방송은 그 속성상 시청자의 마음을 사로잡기 위해 상황을 과장되게 편집할 수 있다. 우리 모습과 다르게 과대 포장되거나 각색되어 소개된다면 지울 수 없는 오점으로 남을 것이다. 현장을 있는 모습 그대로 촬영해도 세상을 깊이 감동시킬 수 있을 때가 바로 준비된 때이고, 그렇게 된다면 누구의 요청이든 받아들일 수 있다. 계속된 거절에 강 피디 역시 어쩔 수 없었는지 다른 분이라도 소개해 달라고 요청하였다.

"귀한 의사 신부님 한 분을 알고 있습니다. 남부 수단에 계신 이태석 신부님이라면 원하는 내용을 얻을 수 있으리라 생각됩니다."

이태석 신부는 본래 의사였지만 사제 서품을 받아 2001년 12월 7일 아프리카 남수단 톤즈에서 선교사 생활을 시작했다. 당시 30년 이상 내전으로 도탄에 빠진 주민들을 위해 병실 열두 개짜리 병원을 짓고 하루 이삼백여 명을 대상으로 의료 활동을 벌였다. 또한 정기적으로 주변 80여 개 마을을 돌며 순회 진료와 예방 접종을 했다. 그리고 학교를 세워 학생들에게 교육의 기회를 제공하며 절망 속에 있는 이들의 친구로 지내고 있었다. 이태석 신부는 당시 케냐 주재 이석조 한국 대사님의 소개로 만난 좋은 친구였다.

강성욱 피디는 의료 봉사를 하는 신부님이라는 말에 깊은 관심을 보였다. 그리고 한 주가 지나기도 전에 다시 전화를 걸어 왔다.

"강 피디입니다. 신부님과 통화해서 취재를 허락받았습니다."

"축하합니다. 마음이 어린아이처럼 순수하고 착한 분이에요. 저희는 사흘 후 투르카나라는 곳으로 올라갑니다. 남부 수단에 가려면 경비행기를 빌려야 하는데, 필요하면 나이로비 사무실에서 도와 드릴 수 있습니다. 행운을 빕니다."

"혹시 팀이 올라갈 때 함께 가면 안 될까요? 어차피 수단 국경까지 가신다면 그곳까지 태워 주시면 좋겠습니다. 실은 저희들이 지금 인천 공항인데 내일 나이로비에 도착합니다."

이미 공항에서 출발하려 한다는 말에 어이가 없긴 했지만 방송국에서 일하는 사람들이라 그런지 프로 정신이 대단하다는 생각이 들었다. 그렇게 하여 강 피디는 우리의 여정에 동행하게 된 것이었다.

"병원에 들러서 갈까요?"

운전을 하면서 조용히 건네는 항권의 말에 정신이 돌아왔다. 항권은 팀이 현장으로 떠나면 가족들과 사무실을 책임지고 돌보며 현장에서 필요한 긴급 요청을 지원하는 나이로비 공동체 지부장이었다.

"공항 출발 전에 병원에 전화했는데, 나들 잘 쉬고 있다고 합니다."

병실에 들어가니 두 사람 모두 잠이 들어 있었다. 어젯밤의

폭풍 같았던 시간이 마치 악몽을 꾼 것처럼 아득하게 느껴졌다. 살아서 이렇게 얼굴을 볼 수 있다는 것이 얼마나 감사한 일인지!

두 시간여를 기다려서 수술한 의사를 만나 자세한 소견을 들을 수 있었다.

"택균의 수술은 잘 되었습니다. 손의 신경 조직은 아주 섬세한데, 다행히 파편이 가장 복잡한 신경 다발을 피해 갔어요. 하지만 손상된 기능이 얼마나 회복될지는 두고 봐야 할 것 같습니다. 그나마 불행 중 다행이라 말하고 싶네요. 비행기 여행에 무리가 없으니 속히 귀국해 한국에서 치료받는 게 좋을 것 같습니다."

언제나 궂은일을 도맡아 하곤 했던 택균은 스와힐리어 훈련을 위해 6개월 동안 나이로비를 떠나 있었다. 탄자니아와 가리사 현장에는 함께했지만 이번에 참여하는 투르카나는 처음이라 많이 흥분해 있었다. 워낙 착하고 따뜻한 성격이어서 현지인들의 사랑을 듬뿍 받았으며, 미 해군에서 훈련받고 돌아온 교관 출신이라 영어에 불편함이 없기에, 팀 내에서 커뮤니케이션을 맡았었다.

"두식의 눈은 안과 전문의가 정밀 진단을 해야 확실한 결과가 나올 것 같습니다. 망막에 손상을 입은 것 같은데, 우리 병원에는 망막 전문의가 없어 나이로비 대학 병원에 의뢰해 놓았습니다. 전문의가 비행기 여행에 무리가 없는지 확인하고 귀국 일정을 잡으면 될 것 같습니다. 모든 진료 기록을 준비해 놓도록 하겠습니다. 그리고 케냐 사람으로서 정말 죄송하다는 말을 하고 싶습니다."

케냐인으로서 전해 주는 따뜻한 사과의 말에 마음이 편안해졌다. 표현할 수 없지만 누군가를 원망하는 분노가 마음속에서 움직이고 있었는데 순간 사라지는 느낌이었다.

당장 신촌 세브란스병원 가정의학과에 계신 우리 공동체 주치의 강희철 박사께 연락을 했다. 강 박사님은 세계적인 망막 전문의가 신촌 세브란스에 있다며 귀국 일정이 확정되면 즉시 알려 달라고 하였다. 귀국 날에 맞추어 구급차를 공항에 대기시켜 놓겠다며 따뜻한 위로의 말도 함께 전해 주었다.

나중에 확인된 것인데, 두식은 안구가 망막에서 박리되면서 망막 자체도 손상되어 전문가의 정밀한 수술이 필요했다. 택균은 즉시 귀국했고, 두식은 2주 후에 안압이 안정되어 귀국할 수 있었다.

무거운 발걸음

"자네한테 무거운 부담만 안기고 가는 것 같네."

사고를 겪고서 사흘 뒤, 항권에게 모든 것을 맡기고 우리 팀은 다시 떠나야 했다. 여전히 사람들은 물이 없어 고통당하고 있기에 부상자가 생겼다고 멈출 수는 없었다. 8초마다 1명, 매일 10,800명, 매년 400만 명의 아이들이 식수와 기본 영양 결핍으로 죽어 가는 세상에 우리는 살고 있다. 이들 중 5세 이하 아이들만 매일 5천 명이 사망한다. 물로 인해 발생하는 수인성 질병은 개발도상국에서 발병하는 모든 질병의 80퍼센트, 전체 사망 원인의 3분의 1을 차지한다. 깨끗한 물은 이들에게 생명 그 자체라고 해도 과언이 아니다.

현장에 나갈 때면 나는 언제나 흥분된 마음으로 길을 떠난다. 현지 주민들이 기뻐할 모습을 그려 보노라면 저절로 발걸음이 빨라지곤 한다. 그러나 이번에는 그저 쓸쓸하고 외로웠으며, 발걸음은 무겁기만 했다. 마을 주민들과의 약속만 아니었다면 떠나기 어려운 상황이었다. 하지만 주민들의 기대를 저버릴 수 없기에, 우리는 조금 더 힘을 내 보기로 했다.

나이로비를 떠난 지 사십 분 정도 지났을 즈음, 두 대의 자동차가 나이바샤 호수가 멀리 보이는 산을 넘고 있는데 전화벨이 울렸다. 번호를 보니 한국에서 온 전화였다.

"고생하셨습니다. 대동이에요. 두식과 택균은 어떤지요?"

"모두 치료를 잘 받고 있어. 택균은 바로 귀국할 수 있을 것 같은데, 두식은 아직 망막 전문의를 기다리고 있는 중이네. 미처 연락 못했는데, 두 사람을 항권에게 맡기고 다시 팀을 추슬러 투르카나로 올라가는 길이야. 강 박사님께는 연락해 놓았으니 두 사람이 귀국하면 바로 병원에 입원해 정밀 치료를 받을 수 있을 걸세. 서울 사무실에서 할 일이 많을 텐데 잘 부탁하고……."

"아니, 그 상황에 어떻게 올라가신단 말이에요?"

"로코리 주민과 약속한 시간이 많이 지났는데 연락할 길이 없어서 말이야. 두 주 정도면 충분하니 걱정 말게. 'Never Stop!'이니까."

"정말 못 말리겠네요. 건강 조심하세요. 'Never Die!'입니다."

김대동은 서울 사무실을 책임지는 팀앤팀 핵심 지도자 중한 명이다. 전자공학을 전공한 그는, 팀앤팀 훈련에 참여한 것이 계기가 되어 아예 전임으로 들어와 한국 사무실을 책임지고 있었다. 아내는 특수 학교 교장인데, 남편의 마음을 알고 기쁘게 허락해 주었다.

어느새 자동차는 사고가 났던 곳으로 다가가고 있었다. 한밤중 경황없이 당한 일이라 어디가 어딘지 기억도 나지 않았지만, 출발 전에 패트릭에게 잠깐 들러 가자고 부탁을 해 두었다. 패트릭이 자동차를 갓길에 바짝 붙여 세우자 모두 차에서 내렸다. 아무도 말을 하는 사람이 없었다.

내리쪼이는 뜨거운 태양 아래 펼쳐진 고요한 풍경은 이미 모든 일을 망각해 버린 것 같았다. 도로 옆에 어지럽게 흩어져 있는 자동차 유리 파편만이 그날의 사고를 말해 주었다. 어느새 발걸음은 당시 끌려갔던 숲속을 향해 가고 있었다. 우리를 끌고 가던 젊은 강도의 외침이 귓가에 여전히 들리는 듯했고, 얼굴에 피를 뒤집어쓴 채 어쩔 줄 몰라 하던 두식과 다친 손을 잡고 고통스러워하던 택균의 모습이 생생하게 떠올랐다. 최 감독이 납치되었다고 울부짖던 강 피디의 모습 또한 눈에 선했다.

"이세 떠나야 합니다."

패트릭이 부르는 소리에 정신을 차려 보니, 어느덧 나 혼자 정처 없이 숲속을 걷고 있었다. 마음을 추스르고 왠지 떨어지지 않는 발걸음을 돌려 자동차에 다시 올랐다. 차창 밖을 보는 눈에 눈물이 고이기 시작했다. 이유를 알 수 없는 눈물이 계속 흘러나왔다. 운전하는 키능아에게 보이고 싶지 않아 창밖을 향한 채 하염없이 흐르는 눈물을 속으로 삼켰다.

지난 4년의 시간, 참으로 열심히 달려왔다. 마치 아프리카와 사랑에 빠져 열병을 앓는 사람처럼 살아왔는데, 지나온 일들이 타인의 이야기인 듯 허망하고 낯설게만 느껴졌다. 가라앉은 마음으로 끝없이 흐르는 눈물과 함께 아픈 추억들을 하나씩 바람 속에 떠나보냈다.

자동차는 어느덧 엘도렛Eldoret을 지나 오늘밤 묵어갈 키탈레Kitale에 들어서고 있었다. 내일 키탈레를 떠나면 깊은 산과 끝없는 광야가 이어지기 때문에 자동차가 고장 나도 도움을 받을 수 없고 부품을 구할 수도 없다. 이삼 주 동안 반사막 지대의 원주민 마을에서 버틸 수 있는 모든 물품을 이곳에서 준비하고 떠나야 한다. 팀 캡틴을 맡고 있는 패트릭이 알아서 잘 준비할 것이었다.

키탈레에서 투르카나 입구 카이눅Kainuk까지는 네 시간 정도가 소요된다. 카이눅 경찰 검문소는 하루 네 번, 오전 6시, 10시, 오후 1시, 그리고 6시에만 차량을 통과시킨다. 통상, 차량들은 200킬로미터 떨어진 군청 소재지 로드와Lodwar까지 무장한 경찰의 에스코트를 받는다. 아침 10시 에스코트를 받기 위해서는 5시 전에 키탈레를 출발해야 한다. 예전에 타이어 펑크로 에스코트를 놓친 적이 있는데 그러면 다음 에스코트까지 기다려야 한다. 그냥 가고 싶다 해서 경찰이 통과시켜 주

목숨파도 같은 물

지도 않지만, 강도의 위험을 무릅쓰고 갈 수도 없는 노릇이다.

다시 현장으로

이른 아침 5시경, 주차장에는 이미 출발 준비가 되어 있었다. 어느새 마음은 사고의 기억에서 벗어나 로코리 현장으로 달려가고 있었다. 키탈레에서 이십 분 정도 가면 카펭구리아Kapenguria에 도착한다. 카펭구리아를 지나면 해발 3천 미터 깊은 산으로 들어가는데, 자동차로 세 시간 걸리는 산을 다 내려가면 해발 3백 미터가량의 투르카나 광야가 시작된다.

카펭구리아는 작은 동네인데, 투르카나로 넘어가기 전에 만나는 마지막 주유소가 있다. 언제나 이곳에서 자동차 연료를 다시 가득 보충한다. 투르카나에도 주유소가 있지만 기름이 없는 경우가 많기 때문이다. 차를 흔들면서 연료통을 가득 채우려고 애쓰는 기사들을 볼 수 있는 것도 이곳의 진풍경이다. 이곳에서 비상용 20리터 연료통 다섯 개를 가득 채우고 타이어 공기압도 점검했다. 또 자동차 하부도 살펴보고, 적재함의 화물도 단단히 고정되어 있는지 확인해야 했다. 일단 투르카나에 들어가면 아예 길이 아닌 곳을 200킬로미터 이상 달려야 하기 때문이다. 가끔 엉성하게 묶인 물건들이 떨어지기도 하는데 에스코트 차량과 함께 멈추지 않고 달려야 하기에 종종 난감한 상황이 일어난다.

이곳에 오면 투르카나에서 오는 차량들로부터 최근의 도로 치안 상황을 들을 수 있다. 물론 주유소 직원들에게도 빠짐없이 확인한다.

"요즘 투르카나 도로는 안전합니까?"

별 문제 없기를 기대하지만, 최근에 강도 사고가 발생했다면 모두 긴장하게 된다. 주유소를 나가면 1분도 지나지 않아 경찰 검문소가 있다. 산속에서 강도 사고가 나거나 부족 간의 전투가 있었다면 안전이 보장될 때까지 기다리든지, 아니면 경찰의 에스코트를 받아야 통과할 수 있다. 이곳 외에도 산속에서만 세 번 이상의 검문소를 통과해야 한다. 해가 지면 어떤 자동차도 검문소를 통과할 수가 없는데, 물론 산중에 사는 주민들은 예외이다.

우리는 근래에는 비교적 안전하다는 대답을 뒤로하고 몇 대의 차량과 함께 검문소를 출발했다. 이곳부터는 인적이 없는 깊은 산길이며, 마을이 나타나야 사람들이 보이곤 한다. 가끔 총을 든 경찰이나 군인이 태워 달라고 할 때도 있지만 절대 세워서는 안 된다. 그들이 무장 강도로 돌변하는 일도 여러 번 있었기 때문이다.

꼬불꼬불한 산길을 넘어 아침 9시 30분경 카이눅에 도착했다. 날씨가 찌는 듯해 거의 한증탕에 들어온 것 같았다. 산을 넘어오느라 긴장했던 마음도 풀 겸, 늘 들르는 식당에서 간단히 아침을 먹었다. 이미 30여 대의 차량이 검문소 앞에 줄을 서서 통과를 기다리고 있었다. 여기부터는 워낙 도로가 험해 바닥이 낮은 승용차는 운행이 불가능하다. 아침 식사를 마친 우리도 자동차 두 대를 긴 대열 꽁무니에 세웠다.

목숨과도 같은 물

이미 친해진 경찰들이 반갑게 인사를 했다. 늘 밝은 얼굴로 반가워하는 죠지가 물었다.

"이번에는 어디로 가세요?"

"로코리에 갑니다. 도로는 안전한가요?"

"한 달 전에 이곳 카이눅 경찰 초소가 공격을 당했어요. 지금은 비교적 안전합니다. 조심해서 다녀오세요. 언제 나오시나요?"

"2주 정도 예상합니다. 날씨가 많이 더워진 것 같네요."

"네, 거의 비가 오지 않았어요. 큰일입니다. 우리 경찰 숙소 마당에도 우물 하나 파 주세요!"

만날 때마다 부탁하는 말이었다. 다행히 이 마을에는 펌프가 잘 작동되고 있어서 위급한 상황이 아니다. 그래도 늘 대답해 주곤 한다.

"펌프가 고장 나면 언제든 연락하세요. 떠납니다!"

"안전한 여행길 되세요!"

마침내 10시가 되어 모두 움직이기 시작했다. 차량들이 줄을 서서 달려가는데, 우린 에어 컴프레서를 견인하고 있어 동일한 속도로 달릴 수가 없었다. 2년 전에는 견인하던 컴프레서가 두 번이나 전복되어 결국 폐기 처분하고 말았다. 두 번 다시 기억하고 싶지 않은 끔찍한 사건이다. 대형 트럭들 역시 빨리 달릴 수가 없어 자연스럽게 우리와 한 무리가 되었다. 큰 트럭들이 일으키는 먼지로 앞이 잘 보이지 않았지만 무리로부터 떨어지는 것보다는 안전했다.

세 시간 정도를 달려 첫 번째 목적지인 로키챠^{Lokichar}에 도착했다. 이곳에는 우리 팀이 늘 쉬어 가는 집이 있는데, 우리 장비도 이 집 창고에 많이 보관돼 있다. 원래 이곳 투르카나에서 일하던 젊은 미국 여자 선교사가 살던 집인데, 안타깝게도 5년 전 자동차 사고로 운전사와 함께 사망하고 말았다. 오지에서 일하는 요원들에게 제일 큰 위험 요소는 교통사고와 강도의 습격이다. 무장 강도는 조심하면 피할 수 있지만, 교통사고는 돌발적이어서 막을 수 없는 경우가 많다. 달리는 자동차에 뛰어 들어오는 야생 동물을 피하려다 일어나는 전복 사고가 비일비재하고, 좁은 도로에서 마주 오는 대형 차량을 피하려다 전복되는 사고도 허다하다. 또한 아스팔트가 온통 파인 탓에 언제든 타이어가 펑크 날 수 있으며, 60도 내지 70도 이상 가열된 지면 온도에 내부 공기압이 올라간 타이어가 산산조각으로 파열되기도 한다. 나이로비에서 투르카나에 올 때면 평균 다섯 대 정도의 자동차 사고를 목격한다. 충돌 사고, 전복 사고 등 온갖 사고로 사람들이 소중한 생명을 잃는다.

마을 주민들의 환영

팀원들은 잠시 휴식을 취한 후, 고프리가 만든 점심을 먹고 목적지 로코리를 향해 출발했다. 고프리는 나이로비 지부 관리 책임자인데 이번에 임시로 투입되어 신이 나 있었다.

　여기서부터는 아예 길을 만들어서 가야 하는 곳이 많다. 비가 오면 길이 모두 사라져 어디가 어딘지 분간할 수 없기 때문이다. 몇 번이고 모래에 빠지는 트럭을 사륜구동 랜드로버로 견인하며 우여곡절 끝에 로코리에 도착했다. 이미 해가 지기 시작해 붉은 노을이 하늘을 온통 물들이고 있었다.

조용한 원주민 마을에 두 대의 자동차가 들어서자 모든 마을 주민들이 달려 나왔다. 며칠 늦긴 했지만 약속대로 나타난 우리를 보며 반가운 마음으로 환영해 주었다. 동네 아이들은 신바람이 나서 자동차를 따라왔고 온 동네의 모든 개들도 덩달아 신이 나서 달려왔다. 이곳에서는 강가에 지어진 학교와 마을에 지하수 두 공을 굴착할 예정으로, 돌발 변수가 생기지 않는다면 열흘 정도에 끝나리라 예상되었다.

평화롭고 안전해 보이지만 한순간에 아수라장이 되기도 하는 곳이 원주민 부족 마을이다. 소말리아 근방 가리사Garrisa에

▲ 우여곡절 끝에 도착한 로코리. 비가 오면 길이 사라져 길을 만들어서 가야 한다.

서 작업을 할 때면 마을 주민들이 무장 경찰을 네 명이나 고용해 밤새 지켜 주곤 했다. 국경 근방에서 활약하는 강도들이 아예 장비를 탈취하기도 했기 때문이다.

카이눅의 식당에서 사람들이 얼마 전에 있었던 사건을 이야기했었다. 한 달 전 포콧Pokot 부족이 카이눅을 습격하면서 경찰서까지 공격해 경찰 십여 명이 죽었다고 한다. 갈수록 포악해지는 강도들의 난동에 모두가 염려하고 있었다. 오랜 가뭄으로 살기가 힘들어졌기 때문이었다.

지난 5~6년간은 우기에도 비가 거의 오지 않아, 투르카나의 연평균 강우량이 지역에 따라 100밀리미터 내지 600밀리미터 정도에 그쳤다. 이 정도 강우량으로는 사람이나 가축의 생존이 불가능하다. 투르카나의 강들은 이미 사막처럼 말라 버려서 사람들은 물을 구하기 위해 강바닥을 파서 물을 얻는데, 때론 3미터 깊이까지 파야 하는 곳도 있다. 목이 마른 사람들은 모래 구덩이에서 나오는 진흙탕 물을 그 자리에서 벌컥벌컥 마셨다. 기생충으로 쓰러질 것이 당연했지만, 당장 목말라 죽을 수는 없는 노릇이었다.

로코리는 투르카나에서도 가장 외진 원주민 마을 중 하나다. 기근이 심할 때마다 신문지상에 피해가 심각한 마을로 번번이 이름이 오르내리곤 했는데, 하루에도 몇십 명의 아이들이 굶어 죽는다고 했다. 로코리 주민들 역시 투르카나 다른 지역과 마찬가지로 유목 민족이어서 기근이 들면 가축 떼를 이끌고 물을 찾아 정처 없이 떠돌다가, 우기가 되면 고향으로 돌아오곤 하였다.

▲ 원주민이 한 방울의 물이라도 길으려고 사막으로 변해 버린 강바닥을 파고 있다.

　이웃 마을 마사빗Marsabit과 포콧 부족 역시 유목 민족이어서 수원지와 초장草場을 놓고 종종 심각한 살상을 동반하는 분쟁이 일어나곤 했다. 이렇게 수백 년간 형성된 부족 간의 갈등을 어떻게 해결해야 할지 해답이 보이지 않는다.

　2008년 8월 2일, 케냐의 일간지《데일리 네이션DAILY NATION》의 한 기사는 이들이 서로 얼마나 적대적인지를 보여 준다.

약탈자들이 목동 30명 살해

　포콧족으로 여겨지는 가축 약탈자들이 로코리에서 30명 이상의 목동을 살해했다. 수를 알 수 없는 이들은 화요일 오후 로코리의 로쿠베 마을을 공격하여 700마리 이상의 가축을 탈취해 갔다. 최근에 이미 주민 47명이 살해되었다. 누가 이 원시 야만인들을 멈추게 할 것인가?

▲ 물을 길러 가는 소년. 아이들은 매일 60리터가량의 물을 긷기 위해 하루 여섯 시간을 걷기도 한다. 이러한 중노동으로 많은 아이들이 목과 등에 문제가 발생해 평생 고통에 시달린다.

목숨과도 같은 물

마치 구석기 시대 이야기 같지만, 엄연히 현재에도 벌어지고 있는 문제로 수백 년간 누구도 해결하지 못하고 있다. 국가가 세워지고 행정 구역도 만들어졌지만 바뀌는 것이 없다. 성당, 모스크, 교회가 들어와도 누구를 위한 정치인지, 무엇을 위한 종교인지 이들은 잘 모른다. 때론 빵을 주는 모스크에 가기도 하고, 선물을 얻기 위해 교회에도 간다. 주민들은 선거 때마다 찾아오는 정치가들의 공언도, 종교 지도자들의 설교도 고통스러운 현실을 바꿀 수 없음을 오래전에 알았기에 아무것도 기대하지 않는다. 사랑하는 가족들이 한 명씩 죽어 나갈 때마다 남아 있던 희망이라는 단어도 함께 묻어 버렸다. 이들의 아픔과 고통에 함께 울어 줄 사람들이 있어야 닫힌 마음의 문을 다시 열 수 있을 것이다. 문이 열리면 빛이 들어올 것이고, 스스로 일어서서 이 어두움을 헤쳐 나갈 수 있으리라. 우리의 방문으로, 솟아 나오는 생명수가 이들의 닫힌 마음을 열고 내면을 밝히는 밝은 횃불이 될 수 있기를 기대해 보았다.

난관에 부딪힌 작업 그리고 기적

다음 날 아침, 작업이 시작되자 조용한 원주민 마을이 시추기 엔진 소리와 공기 압축기 소음으로 요란해졌다. 작업을 막 시작했는데, 이미 몇십 명의 주부들이 물동을 들고 모여들었디. 이들의 절박한 마음이 절로 전해져 왔다.

작업은 20미터 정도까지는 순조롭게 진행되었지만 그 이상 깊이 들어갈 수가 없었다. 지층 구조가 아무리 뚫고 들어가도 즉시로 무너지는 자갈밭이었기 때문이다. 끝없이 무너지는 동일한 현상 앞에 속수무책이었다. 압축 공기를 이용해 케이싱을 강압적으로 넣는 것 외에는 방법이 없었는데, 통상 사용하는 UPVC 케이싱이 아닌 강철 케이싱이 있어야 가능한 일이었다. 강철 케이싱은 나이로비에 가서 구입해 와야 했기에 우리는 진퇴양난에 빠졌다. 궁여지책으로 다섯 시간 떨어진 군청 소재지 로드와에 가서 알아보았지만 구할 수가 없었다. 마지막 철물점에서 낙심한 마음으로 돌아서는데, 누군가가 내 앞에 와서 반갑게 인사했다. 몇 년 전 월드비전과 공동 작업을 할 때 만났던 수자원 기술자 스티브^{Steve}였다. 반가운 마음으로 서로 지나온 이야기를 나누는 중에 강철 케이싱 이야기를 독백처럼 꺼냈다. 그러자 스티브가 갑자기 눈을 크게 뜨며 말했다.

"월드비전 창고에 많이 있어요. 그렇지 않아도 어딘가에 사용해야 하는데, 아마 가능할 거예요."

믿어지지 않았다. 찾고 있는 물자가 어떻게 이 오지 마을에 있단 말인가? 그것도 무상으로 원하는 만큼 얻을 수 있다니, 이게 어떻게 가능한 일인지! 이 황량한 곳에서 느닷없이 옛 친구를 만나 이런 이야기를 듣는 것이 실감 나지 않았다. 마치 벼랑 끝에서 구사일생으로 밧줄을 잡은 것 같았다.

즉시 스티브를 태우고 월드비전 사무실로 달려갔다. 급하게 들어서는 우리 일행을 수자원 책임자 첸^{Chenes}이 반갑게 맞아 주었다. 첸은 이전부터 가깝게 지냈는데, 항상 무엇이든 도

목숨과도 같은 물

우려고 애쓰는 좋은 성품을 지닌 친구였다. 우리 이야기를 들은 첸은 전혀 문제 될 것 없다는 표정으로 흔쾌히 대답했다.

"얼마나 필요하세요? 원하는 만큼 가지고 가세요. 누가 사용하든 이곳 주민들을 돕는 데에 사용된다면 무슨 문제겠습니까?"

'기적'이라는 단어 말고 어떤 것으로 이 상황을 설명할 수 있을까?

스티브의 안내를 받아 자재 보관 창고로 달려가서 필요한 만큼 강철 케이싱을 골라냈다. 그리고 1톤 픽업트럭을 한 대 빌려, 쉬고 있다는 스티브를 데리고 로코리에 돌아왔다. 우리는 그곳에서 열흘을 더 머물며 강철 케이싱을 사용해 지하수 두 공을 성공적으로 개발했다.

기뻐하는 주민들을 뒤로하고 떠나는 우리에게는 아직 사용하지 않은 UPVC 케이싱이 남아 있었다. 월드비전에서 얻은 강철 케이싱을 사용했기 때문이다. 남은 물자로 누군가를 도와줄 수 있을 듯해, 근방에서 학교를 준비하는 임연심 선교사에게 전화를 했다.

"로코리에서 작업을 하고 돌아가는 길입니다. 지하수 한 공을 더 굴착할 수 있는 물자가 있는데, 혹시 도움이 필요하신지요?"

전혀 기대하지 못했던 제안이라 감격하는 임 선교사의 목소리를 늘으며, 우리는 세 시간 거리에 있는 니페이카르^{Napeikar}로 옮겨 갔다.

▲ 터져 나오는 지하수. 어둠 속에서 밝은 빛 한 줄기를 보는 것과도 같은 순간이다.

목숨과도 같은 물

염소 다섯 마리

임 선교사는 오십 대 중반 여성의 몸으로 이십여 년간 이 험한 곳에서 홀로 고아원과 교회 및 학교를 운영해 왔다. 이전에도 임 선교사가 돌보는 고아원과 교회에 펌프 두 개를 설치한 적이 있다.

강을 따라 마을이 형성된 로코리는 비교적 수자원이 풍부해 지하 30~40미터 정도만 굴착해도 충분한 지하수를 얻을 수 있었다. 하지만 나페이카르는 허허벌판에 학교가 세워지고 주민들이 주변에 거주하고 있다. 작년에 전문 탐사 장비로 조사를 했는데, 지하수는 풍부하지만 100미터 이상 굴착해야 한다는 결과가 나왔다. 애초에 나이로비를 떠날 때 로코리에서만 작업할 계획이었기에 나페이카르를 위해서는 몇 가지 장비가 더 필요했다. 나이로비에 있는 조항권 지부장에게 연락했다.

"나페이카르에 지하수 한 공을 더 작업하기로 했는데, 이곳은 더 깊은 곳에 물이 있어서 추가 장비가 필요하네. 굴착봉 Drilling Rod 25개를 가지고 내일 출발할 수 있겠나?"

"지금 우리 차량은 모두 현장에 투입되어 지원이 어렵지만, 김진동 씨가 픽업트럭을 언제든지 사용해도 좋다고 했어요. 운전기사도 보내 줄 수 있다고 하니 오늘 준비해서 내일 아침 일찍 출발하도록 하겠습니다."

김진동 씨는 건축 등 다방면에 재능이 있어서 케냐를 비롯한 동아프리카에 살고 있는 한국인들에게 큰 도움을 주는 교포 사업가로, 우리 공동체와는 한 가족처럼 지내는 사이였다.

"물품이 1톤 정도 될 테니 키탈레에서 일박하고 밤길을 피해 안전하게 오는 게 좋겠다."

나이로비에서 로코리까지는 대략 800킬로미터 거리인데, 통상 출발해서 일고여덟 시간 걸리는 키탈레에서 일박을 하고 다음 날 3천 미터 고도의 산을 넘는다. 산으로 진입하는 입구 마을 카펭구리아에서 무장한 경찰의 에스코트를 받아야 할 때가 많은데, 산중에 살고 있는 부족 간에 충돌이 종종 일어나고 산속에서 무장 강도의 공격을 받을 위험도 있기 때문이다.

다음 날 항권 지부장은 물자를 1톤 픽업트럭에 가득 싣고 출발해 예정대로 키탈레에서 하룻밤을 보낸 뒤 아침 일찍 카펭구리아에 도착했다. 그런데 이번에는 그곳 경찰 검문소에 온통 비상이 걸려 있었다. 한 시간 전에 산을 통과하던 자동차가 무장 강도의 공격을 받아 승객 중 사상자가 발생하고 총격전을 벌이던 경찰 두 명도 죽었다는 것이다. 상황을 수습 중인데, 경찰 에스코트 차량이 준비될 때까지 기다려야 한다고 했다.

이 지역은 포콧족이 지배하는 곳으로, 이들은 주로 새벽 동이 트기 직전이나 저녁 해가 지기 전에 차량을 공격해 돈과 물건을 탈취한 후 산속으로 사라지기에 해결할 길이 없었다. 때로는 피가 흥건히 젖어 있는 도로를 달려야 할 때도 있어 사람들의 간담을 서늘하게 만들기도 했다. 산속에도 세 곳 정도 경찰 검문소가 있어서 모든 차량은 엄격하게 조사를 받아야 통과할 수가 있지만 강도들을 막기에는 역부족이었다. 세 시간 정도를 기다린 후 아침 10시 40분경에 마침내 검문소에서 항권의 일행을 불렀다.

"이제 출발해도 될 것 같습니다. 무장한 경찰 두 명이 맨 앞 차에 탑승할 테니 주의 깊게 따라가시기 바랍니다. 안전한 여행 되십시오."

항권 일행과 함께 출발하는 자동차는 총 세 대로, 도요타 하이럭스와 파제로 그리고 대형 버스였다. 버스가 경찰을 태우고 제일 앞에서 달리고, 팀앤팀 차가 그다음, 하이럭스와 파제로가 그 뒤를 따랐다. 하지만 버스는 중간에 내리는 승객들을 위해 자주 멈추었고 먼지도 심하게 났기에 어쩔 수 없이 항권 일행이 탄 차가 맨 앞에 달리게 되었다. 한참이 지나 차량은 어느덧 깊은 산속으로 들어왔다. 굽이굽이 계곡을 따라 만들어진 꼬불꼬불한 산길을 한 시간 반 정도 달리면 마리치 패스Marich Pass라는 마을이 나오는데, 산골치고는 주민이 많이 살고 있는 곳이다. 대부분의 차량은 이곳에서 잠깐 쉬면서 마실 것과 먹을 음식을 구입하고 화장실에 다녀오기도 한다. 함께 달리던 버스가 정류장에 오래 머물렀기에 잠시 휴식을 취한 항권 일행이 먼저 출발해야 했다. 마리치 패스를 떠나 십오 분 정도 달리면 활처럼 굽은 계곡이 있고, 코너를 돌면 길게 펼쳐진 도로가 나온다. 자동차가 속도를 줄여서 코너를 지나 막 속력을 올리기 시작하는데, 전방 20미터에 움직이지 않은 채 무언가를 들고 차들을 향해 앉아 있는 사람이 항권의 시야에 들어왔다. 깜짝 놀란 항권 지부장이 소리쳤다.

"어, 저 사람이 들고 있는 것은 총 아닌가요?"

온통 파인 구덩이를 피해 곡예 운전을 하고 있던 운전기사가 항권의 말을 듣고 앞을 보더니 외마디 비명을 지르며 급정거를 했다.

"무장 강도입니다!"

"오른쪽 숲속에도 여러 명 보여요. 빨리 후진으로 빠져나가야 합니다."

운전기사는 정신없이 전속력으로 후진을 시작했고, AK47 총으로 조준하고 있던 강도는 벌떡 일어나 총을 쏘며 달려왔다. 동시에 숲속에 매복해 있던 강도들 역시 사격을 시작했다. 미처 차를 돌릴 생각도 못 하고 사력을 다해 후진하는데, 때마침 경찰을 태우고 뒤따라오던 버스가 나타났다. 버스 역시 급정거하며 타고 있던 경찰들이 순식간에 차에서 내려 강도들과 총격전이 시작되었고, 항권 일행이 탄 차는 이 틈에 버스 옆을 지나 위기에서 벗어날 수 있었다.

강도들은 총알을 쉽게 구할 수 없기에 경찰과 오랫동안 총격전을 벌이지 않는다. 차량을 호위하는 무장 경찰들은 적어도 각자 서른 발 장전된 탄창 세트를 세 개 이상 소지하고 있어서, 일단 경찰이 있음을 확인하면 특별한 목적이 없는 한 강도들은 철수하기 마련이다.

"오늘 아프리카에서 제 삶이 끝나는 줄 알았습니다!"

천신만고 끝에 물자를 가지고 로코리 현장에 도착한 항권은 아직도 심장이 떨린다며 당시의 긴박했던 상황을 설명했다.

목숨과도 같은 물

"자네가 아직은 세상에서 할 일이 있나 보네!"

항권 지부장이 가지고 온 물자를 활용해 우리는 나페이카르 학교에서 사흘 동안 작업을 진행했고, 58미터 깊이에서 다량의 지하수를 만나 펌프를 설치할 수 있었다. 사막과도 같은 곳에서 학교를 준비하는 임 선교사와 주민들에게는 어느 날 갑자기 오아시스가 생기는 놀라운 일이 일어났다. 주민들이 너무나 기뻐하고 고마워하며 염소 다섯 마리를 선물로 주어, 그 먼 길을 염소 울음소리와 함께 내려오는 즐거운 추억의 여행이 되었다.

조항권 지부장은 고분자공학을 석사까지 공부하고 대기업 연구소에서 일하다가 우리 팀에 합류했다. 연로하신 부모님의 외아들로, 성악을 전공한 아내 은정과 초등학교에 다니는 두 아들을 데리고 내전 중이던 남수단에서 목숨을 걸고 일했다. 말라리아로 죽을 고비도 여러 번 넘기고, 남수단 국경에서 자동차가 전복되어 사경을 헤매기도 했지만, 2006년 물이 없어 죽어 가던 보마Boma 주민들을 위한 식수 공급 사업을 책임지고 마무리했다. 보마는 10년이 훨씬 지난 지금까지도 깨끗한 식수가 넘치게 공급되어 5만여 명의 주민들이 더 이상 수인성 질병에 희생되지 않는다. 조항권 지부장은 이후 교통사고로 다친 어깨와 목의 통증이 악화되어 치료를 받고, 안식년으로 미국에 가서 박사 학위를 받았다. 그러나 아프리카를 잊을 수 없어 다시 돌아와서 대학생 지도자를 양성하는 일을 하고 있는 믿음직한 동지이다.

로코리의 작업을 되짚으며 임연심 선교사의 모습을 다시

금 떠올려 본다. 임 선교사는 지난 2012년, 평생 사랑했던 투르카나에서 풍토병으로 사망했다. 오랜 시간 숱한 고난과 역경 속에서도 흔들림 없이 아프리카를 위해 삶을 다 드렸던 임연심 선교사. 남겨 두고 간 고아원과 교회와 학교에서는 오늘도 아프리카의 변화를 이끌어 갈 미래의 주인들이 자라나고 있다. 임 선교사의 명복을 빈다. 부디 계신 곳에서 영면하시기를!

멀고도 먼 길

참 힘들고 먼 길을 달려왔다. 마치 인생길처럼 험한 굴곡을 헤치며 여기까지 왔다. 고통당하는 사람들에게 생명수를 공급한다는 사명감이 우리를 이곳까지 이끌어 왔다.

사고를 겪은 뒤 두식과 택균을 나이로비 병원에 두고 떠나올 때, 그들은 오히려 나를 위로해 주었다.

"함께 가지 못해서 미안합니다. 많이 고생하실 텐데……."

우리는 언제나 그런 모습으로 걸어왔다. 그동안 가치관의 차이나 관계의 어려움으로 떠난 사람도 있다. 하지만 모두 나름대로 최선을 다해 주어진 고난의 짐을 함께 지려고 노력했다. 서로에게 고마워하며 돕지 못함을 미안해하는 친구들과 삶을 공유할 수 있다는 것은 커다란 축복이다. 우리의 공동체 헌장은 우리가 걸어가는 길을 말해 준다.

- 우리는 고통받는 지구촌 이웃의 가족으로 부르심받았다.
- 우리는 정치적 이념, 종교, 인종에 관계없이 조건 없는 사랑을 실천한다.
- 우리는 각종 위험이 수반되는 이 사명에 자원하며 이로 인한 손해에 대해 보상을 요구하지 않는다.
- 공동체가 우리의 중심이며 모든 구성원이 주어진 소중한 선물임을 알고 서로에게 삶을 헌신한다.

서로에게 기꺼이 생명을 주는 자리가 참된 공동체다. 이런 공동체라면 어떤 미지의 세계도 개척할 수 있다. 공동체에 가득한 생명이 어두운 세상에 빛을 내며 흘러가는 것을 보고 싶다. 스스로 포기하지 않는다면 꿈은 반드시 이루어질 것이다.

택균의 손은 기타를 칠 수 있을 정도까지 회복되어 의사들이 기적이라고 했다. 두식은 안타깝게도 한쪽 눈의 시력을 거의 잃어버리긴 했지만 운전이 가능할 정도로 회복되었다. 강성옥 피디는 그다음 해 새로운 촬영 감독과 함께 다시 와서 이태석 신부를 잘 취재하고 돌아갔다.

Never Stop, Never Die!

지하수 개발은
이렇게 진행됩니다!

'팀앤팀'은 마을 주민들에게 깨끗하고 안전한 물을 공급하기 위해 지하수를 개발해 마을 공용 펌프를 설치합니다. 지하수 한 공을 개발하는 데에는 평균 3개월 내지 6개월이 필요합니다. 일단 지하수 탐사를 통해 굴착 장소를 결정해야 하며, 탐사 자료를 가지고 정부로부터 굴착 허가를 받아야 합니다. 또한 주민들이 직접 관리할 수 있도록 사전에 수자원위원회를 만들어 교육도 해야 합니다. 굴착 작업은 일주일이면 마무리되지만, 작업 전후에 다음 과정이 반드시 필요합니다.

1. 물이 필요한 마을을 조사해요.

해당 국가 수자원부에서 마을별로 신청을 받은 뒤, 조사 과정을 거쳐 팀앤팀과 협력해 지하수 개발을 시작합니다.

2. 물이 가장 잘 나올 수 있는 장소를 찾고 나라에 등록해요.

지질전문가, 수자원부와 협력해 지하수 탐사와 환경 영향 평가를 실시합니다. 이 조사를 통해 지하수가 있을 가능성을 파악하고, 수질 오염원은 없는지, 지역 주민들은 개발에 찬성하는지, 개발이 적법한지 등 종합적인 평가를 거쳐 최종 굴착 지점을 선정한 후 수자원부의 허가를 받습니다.

3. 마을 주민들과 함께 준비해요.

지하수를 관리할 수 있는 마을 수자원위원회가 구성되어 개발 일정, 향후 관리 방안 등을 협의합니다. 이 위원회와 함께 지하수 개발에 필요한 자재를 구입하고 시추 작업에 필요한 장비와 차량을 동원하는 등 준비 작업을 합니다.

4. 물이 나오도록 땅을 깊게 파요.

굴착할 장소 주변을 깨끗이 정비하고, 굴착기를 이용해서 지하수가 있는 곳까지 깊이 굴착합니다.

5. 드디어 지하수가 터졌어요!

굴착이 끝나면 케이싱을 삽입하고 얻을 수 있는 지하수 양을 측정해서 펌프 설치 여부를 결정합니다. 통상, 손으로 작동하는 수동 펌프는 시간당 700리터, 전기 구동 수중 펌프는 수요에 따라 다르지만 시간당 2,000리터를 얻을 수 있다면 안정적이라 생각해서 펌프를 설치합니다. 수질은 세계보건기구 기준에 따라 식수 가능성을 판단합니다.

6. 시멘트로 우물 주변을 정비해요.

지하수가 오염되지 않고 지속적으로 잘 관리되도록, 펌프가 설치될 주변을 시멘트로 잘 정비합니다.

7. 펌프 설치 후 사용법을 알려 주어요.

시멘트가 잘 굳으면 펌프를 설치하고 주민들에게 작동 원리와 기본 수리 방법을 교육합니다.

8. 우리 마을에 깨끗하고 안전한 지하수가 생겼어요!

이제 사람들은 마을을 버리고 물을 찾아 떠나지 않아도 됩니다. 여성과 아이들은 물을 구하기 위해 많은 시간을 걷지 않아도 되고, 더욱 안전한 물을 마실 수 있습니다.

2 〰〰〰〰〰 조건
없는
사랑

긴급
구호
현장

테러당하기 딱 좋은 곳?

탈레반과의 내전으로 처참하게 파괴된 아프카니스탄에서 수자원 현장 조사를 수행한 적이 있다. 우리는 우즈베키스탄을 시작으로 타지키스탄을 거쳐, 중앙아시아에서 가장 장대한 아무다리야Amu Dar'ya강을 건너 아프가니스탄으로 들어갔다. 당시 아프가니스탄은 내전이 막 종료되어 온 나라에 긴급구호가 필요할 만큼 전반적으로 처참한 상황이었다. 우리 팀에는 쿤드즈Kunduz에서 주민들을 위해 의료 봉사를 하는 십여 명의 의료 봉사팀이 함께 있었는데, 이들은 쉴새없이 밀려드는 환자들을 치료하느라 늦은 저녁까지 분주했다.

쿤드즈는 탈레반의 북부 거점 도시로, 항복 직전까지 사력을 다해 저항했던 탈레반 최후의 보루였다. 당시 탈레반의 패악이 얼마나 극심했는지, 함께 회의하던 국경없는의사회MSF 책임자는 거리에 있는 사람들을 가리키며 "저들이 여전히 살아 있는 것이 바로 기적입니다."라고 했다. 전쟁 중에 이들이 겪었을 처참한 상황에 대해 다른 설명이 필요하지 않았다.

쿤드즈에서 며칠 동안 작업을 마친 우리 수자원팀은 의료팀을 뒤로하고 수도 카불을 향해 떠났다. 전반적으로 도로는 아스팔트로 잘 포장되어 있었지만 폭격으로 온통 파인 채 만신창이가 되어 제대로 달릴 수가 없었다. 노중에 지형이 크게 바뀔 때마다 우리는 차량을 세우고 도로 주변을 돌아보며 기존의 지하수 시설을 살펴보기도 하면서 필요하면 지질 탐사를 실시했다. 우리가 차에서 내려 탐사를 실시한 여러 구간의 아스팔트 양측 갓길에 빨간 페인트로 칠해진 돌들이 도로를 따라 줄지어 놓여 있었다. 단순히 차도와 인도를 구분하는 경계선이라 생각하고 넘나들던 우리에게 현지인 가이드가 심각하게 말했다.

"빨간 돌들이 왜 그곳에 있는지 정말 모르는 것은 아니죠?"

농담을 한다고 생각한 우리는 편하게 장난치듯이 대답했다.

"모르는데요, 무슨 특별한 이유가 있나요?"

"대인 지뢰의 위험이 있으니 절대로 넘어가지 말라는 경고 표지입니다. 들판에 뛰어놀던 아이들이 하루에도 몇십 명씩 희생당하고 있어서 만들어 놓은 것입니다."

순간 온몸이 강한 전기에 감전된 듯이 섬뜩했고, 두 번 다시 빨간 돌을 넘을 수가 없었다. 비록 군인들의 전쟁은 끝났지만 민간인들은 여전히 전쟁터에 버려진 채 위험 속에 방치되어 있었다.

카불로 향하는 길은 그야말로 고난의 연속이었다. 도중에 넘어야 했던 힌두쿠시Hindu Kush산은 없는 길을 만들며 끝없이 올라가야 했고, 폭격으로 다리가 무너진 계곡에는 난간도 없이 철재 빔만 앙상하게 놓여 있어서 아차 하는 순간 몇 천 미터 계곡으로 추락할 수도 있었다. 우리가 타고 간 자동차는 결국 카불 도착 두세 시간을 앞두고 엔진이 망가져 버렸다. 할 수 없이 택시를 타고 천신만고 끝에 도착한 카불 숙소에서 나는 온몸의 모든 뼈 마디마디가 탈골된 것처럼 아팠고, 심한 설사와 고열로 꼬박 사흘간 움직일 수도 없었다. 케냐와 남수단 전쟁터에서 험한 도로를 숱하게 달리며 오랫동안 일해 왔지만 이렇게 힘들었던 적은 없었다. 며칠 동안 꼼짝없이 누워 있다가 가까스로 몸을 추스른 후 한국 대사관과 한국국제협력단KOICA, 코이카, 아프가니스탄 정부 당국자 및 유니세프UNICEF를 방문하며 앞으로 일하는 데 필요한 실질적인 준비를 시작했다. 유니세프는 공동 프로젝트를 진행하자고 적극 요청해 왔고, 내무부 장관은 원하면 하루 만에 구호 단체 등록증을 만들어 주겠다며 하루 속히 들어오기를 간청했다. 코이카는 수돗물에 석회질이 너무 많다고 해서 팀앤팀 좋은물연구소 김태영 소장을 연결해 주었다. 그 외에도 아프가니스탄에서 수자원 계통의 일을 하고 있는 국제 구호 단체 몇 군데를 방문해 지질 구조 및 수자원 관련 자료를 얻으며, 앞으로 함께 연합해서 일할 수 있는 기반을 만들었다.

내전이 끝났다고는 해도 카불의 모습은 여전히 불안해 보였다. 시내를 오가는 서양 사람들은 모두 완전 무장한 경호원을 두세 사람씩 대동하고 있었다. 언제 어디서 무슨 일이 벌어질지 알 수 없는 살얼음판과도 같은 분위기였다.

유럽공동체EU는 긴급구호 지역에서 일하는 요원들의 활동을 지원하기 위해 전 세계 여러 재난 지역에서 무상으로 이용할 수 있는 비행기Echo Flight를 운행한다. 나 역시 카불에서의 일이 종료되면 이 비행기를 이용해서 파키스탄으로 나오도록 예약을 해 놓았다. 떠나기 전날, 그동안 쿤드즈부터 동행한 현지인 팀원들에게 고마운 마음을 전할 겸 유엔 본부 앞에 있는 식당에서 저녁 식사를 대접했다. 우리 팀이 도착한 식당은 이

미 유엔과 국제 구호 단체에서 일하는 백여 명이 넘는 외국인
들로 북적이고 있었다.

"빨리 먹고 나갑시다. 여기는 테러당하기 딱 좋은 곳이네
요."

식사가 끝나 갈 무렵, 우리 중 누군가의 농담에 모두 한바
탕 웃으며 식당을 나왔고, 다음 날 나는 파키스탄 이슬라마바
드로 떠났다. 그리고 며칠 후, 파키스탄에서 일을 마치고 방콕
공항에서 나이로비행 비행기를 기다리는데, 공항 텔레비전에
서 카불의 한 식당에서 일어난 폭탄 테러 뉴스가 나오고 있었
다. 사고가 난 곳은 우리가 저녁을 먹었던 바로 그 식당이었
다. 먼저 소형 폭탄이 터져서 주변 사람들이 몰려와 응급 처
치를 하는 중에 다시 대규모 폭탄이 터지면서 많은 사상자들
이 발생했다. 겨우 며칠 차이로 생과 사의 갈림길을 오갔다고
생각하니 마음이 복잡했다. 화면에 보이는 처참한 모습은 불
안하기만 한 이 시대의 단면을 그대로 보여 주고 있었다.

조건 없는 사랑

재난 현장에서 사람들은 한순간에 삶의 기반을 잃고, 피할 곳
도 구해 줄 사람도 없는 좌절과 절망 속에 홀로 방치된다. 눈
앞에서 가족이 사라지거나 홀로 격리되어 생존의 위협과 외롭
게 싸워야 한다. 한순간에 살고 있던 건물이 부서져 캄캄한 어
둠 속 파편 더미에 묻힌 채 기약 없이 구조를 기다리지만, 어

디에서도 도움의 손길을 찾을 수 없다.

하지만 모든 희망이 사라진 재난 현장에도 밝은 빛이 있다. 생명을 구하기 위해 목숨을 걸고 활동하는 구호 요원들은 절망 속에 밝게 빛나는 등불이다. 그들은 살아서 돌아온다는 보장도 없는 곳에 망설임 없이 자원한다. 한 명을 구하려고 열명의 구호 요원이 사지에 들어가기도 한다. 누군가의 생명이 위협을 받는다면 어떻게든 살려야 한다고 믿기 때문이다.

어떤 생명도 두려움과 절망 속에서 버려지듯 세상을 떠나서는 안 된다. 설사 그대로 죽는다고 해도, 자기를 살리기 위해 누군가 찾아왔다는 것만으로도 마지막 위안을 받을 수 있다. 자기가 누군가의 생명을 걸 만큼 소중한 존재임을 알았기 때문이다. 모든 생명은 죽는 순간까지도 명예로워야 하며, 따뜻하게 보호되어야 한다. 두려움과 절망 속에 있는 사람을 구하려고 자원하는 마음이 인류의 양심이고, 그 자리가 바로 지구촌을 품는 부모의 자리다. 생명을 살리는 일보다 더 귀하고 소중한 일은 없다. 한 생명이 쉽게 버려지면, 언젠가 세상의 모든 생명 또한 동일하게 버려질 것이다.

정치, 종교는 물론이고 어떤 존재든 생명을 귀하게 여기지 않는 모든 것은 거짓된 것이다. 생명을 소중히 여기는 사람들이 있는 한, 인류의 장래는 어둡지 않다. 그 마음이 인간의 위대함이며, 인류 공동체의 뿌리이기 때문이다.

내전 중이던 남부 수단 보마는 굶주림과 간증, 그리고 말리리아와 장티푸스로 대책 없이 사람들이 죽어 가던 땅이었다. 이들을 돌볼 정부도, 유엔도, 구호 단체도 39년의 긴 내전을 버틸 수가 없었다. 그 땅에서 이미 비공식적으로 300만 명이 굶주림으로, 목마름으로, 질병으로, 그리고 전쟁으로 죽었고, 세상은 그 땅을 기억하고 싶어 하지 않았다.

2006년, 그곳에서 식수 공급 프로젝트를 진행하던 어느 날, 베이스에 한 여인이 다 죽어 가는 서너 살 된 아이를 안고 달려와 눈물범벅이 된 채 살려 달라고 애원했다. 고열에 숨 쉬기도 힘들어하는 아이에게 의사도 아닌 우리가 해 줄 수 있는 일은 없었다. 그런데 바로 그때 육십 대 초반의 장윤호 팀장이 눈물을 흘리며 엄마에게서 아이를 덥석 받아 품에 꼭 안고 한참을 있었다. 할 수만 있다면 아이 대신 아프고 싶은 부모의 심정이었으리라. 한참 동안 품 안에 안겨 있던 아이는 기적처럼 깊이 잠들면서 호흡이 돌아왔다. 이후 아이는 건강하게 자라서 엄마와 함께 해마다 건기에 진행되는 우리 프로젝트 현장을 찾아온다. 망설이지 않고 내미는 작은 사랑의 손길이 기적을 일으킨다.

섭씨 50~60도의 뜨거운 땅에서 갈증으로 죽어 가는 사람들에게 물 한 잔은 생명수다. 이 작은 물 한 잔을 내미는 손길 속에 세상을 품는 부모의 마음이 들어 있다. 이것이 바로 참사랑이며, 그 사랑이란 토양에서 생명이 싹트고 열매가 맺힌다.

'우리는 분쟁과 재난 지역의 고통당하는 사람들에게 조건 없는 사랑을 실천한다!'

이것은 바로 팀앤팀의 설립 목적이기도 하다. 지난 20년 가까이 우리 공동체가 걸어온 거리는 죽음의 어두운 계곡들이었다.

소말리아, 남수단, 북수단, 요르단 이라크 난민촌, 북한, 시에라리온 에볼라 긴급구호, 인도네시아 반다아체와 니아스, 팔레스타인 분쟁 지역, 케냐 반사막 지대(투르카나, 가리사, 타나 델타), 케냐 카쿠마 난민촌, 우간다 난민촌, 네팔과 에콰도르 지진 현장…….

매 순간 생명의 위협 속에서 살고 있는 이들의 일상은 두려움으로 황폐해져 있다.

하루걸러 가까운 사람들과 영원히 이별하며 바로 눈앞에서 죽음을 목도하는 이들에게 생과 사의 경계는 사라진 지 오래다. 끝없는 전쟁과 지진, 질병으로 세상은 갈수록 어두워진다. 그러나 포기하지 않고 이들을 위해 삶을 드리는 사람들 때문에 지구촌엔 여전히 밝은 희망이 있다.

계획에 없던 북한 방문

2003년, 우리는 내전 중인 남수단의 한 마을에서 식수 공급 프로젝트를 준비하고 있었다. 이 작업은 10킬로미터 떨어진 계곡에서 물을 공급하는 일이었는데, 한국 정부로부터 지원을 약속받고 마지막 준비를 하고 있었다. 하지만 이라크에서 김선일 씨 납치 사망 사건이 발생하면서 정부는 다음 해로 사업 연기를 요청해 왔다. 내전으로 치안이 불안정한 남수단에서 또다시 한국인들이 사고를 당할까 염려했기 때문이다. 당시 우리는 기아대책기구로부터 통일부와 추진하는 북한에서의 식수 프로젝트 수행을 요청받고 있었고, 같은 시기에 유니세프도 북한 프로젝트를 함께하자고 우리를 초청하고 있었다. 여러 가지 검토를 거쳐 남수단 프로젝트를 한 해 연기하고 통일부와 함께 북한을 돕기로 하고 평양을 방문했다.

2004년 1월, 우리 일행을 태운 북한 고려항공 소속 여객기가 북경을 떠나 마침내 평양 순안順安 국제공항에 착륙했다. 평양 도심에서 약 20킬로미터 떨어진 순안 공항은, 북한 유일의 국제공항으로 우리나라 지방 공항보다 시설이 초라해 보이는 2층 건물이었다. 우리가 타고 간 비행기 외에는 아무것도 없이 텅 비어 있는 활주로가 가뜩이나 추운 겨울 날씨에 더욱 을씨년스럽게 우리를 맞이했다.

우리 일행을 위해 북측에서는 국가안전보위부와 민족화해협의회에서 두 명이 나왔다. 이들은 비행기 트랩 바로 앞까지 고급 승용차를 가지고 와 우리를 귀빈실까지 에스코트했다.

"조국에 오신 두 분을 환영합니다. 손전화기와 여권을 맡기시면 떠날 때 드리겠습니다."

그리고 우리가 귀빈실에서 쉬고 있는 사이에 입국 수속을 대신 해 주었다. 전혀 예상치 못한 특별 대우였다. 나중에 들으니 북한에 입국하는 모든 사람은 보안을 위해 공항에서 여권과 전화기를 보위부에 맡겨야 했다. 사실 북경에 있는 북한 대사관에서 비자를 받고 평양행 고려항공 비행기에 탑승하는 순간부터 나는 이미 심하게 긴장되어 있었다. 통일이 되기 전에 북한을 방문한다는 그림은 내 인생에 없었기 때문이다. 1953년에 태어난 나는 어릴 때부터 반공 교육을 철두철미

▲ 황해도 집단 농장 산 정상에 세워진 구호 탑.

하게 받으며 자란 세대다. 초등학교 때부터 '반공反共을 국시國是로 삼고'와 '무찌르자 공산당!'을 잠꼬대로 읊어 댈 만큼 뇌리에 새겼던 내가, 이렇듯 합법적으로 북한을 방문할 수 있으리라고 상상이나 했겠는가!

"대표 선생님, 너무 긴장하고 계신 것 같습니다."

공항을 떠나 평양 시내로 가는 차 안에서, 내 마음을 편하게 해 주려고 둘 중 한 명이 웃으며 말했다. 사실 시내 곳곳에 세워져 있는 셀 수 없는 구호들이 이미 내 마음을 무겁게 짓누르고 있었다.

'위대한 수령 김일성 동지는 영원히 함께 계신다.'

'우리 식대로 살아 나가자!'

'사회주의 조국은 필승불패다.'

사진 촬영을 해도 되겠냐는 내 질문에 "우리가 볼 때 부끄러움을 느끼지 않는 사진은 괜찮습니다."라는 대답이 돌아왔다. 달리는 차창 밖으로 사진을 찍는 동안 서서히 긴장이 풀어지며 내 마음도 편안해졌다.

그렇게 한참을 달려 양각도 국제 호텔에 짐을 풀었다. 북측의 두 사람도 같은 호텔에 함께 투숙했는데, 대동강에 있는 양각도 호텔은 북한이 자랑하는 가장 호화로운 47층의 고층 호텔로, 우리가 묵었던 1월에는 거의 텅 비어 있었다. 당시 북한은 극심한 전력난으로 지하철 운행이 중지되었고, 밤에도 대부분의 건물에서 불빛을 볼 수가 없었다. 양각도 호텔 역시 우리가 묵고 있던 층에만 전기가 공급되고 있었고, 방송 문제로 왔다며 엘리베이터에서 인사한 KBS 직원 두 명 외에는 다른 손님이 보이지 않았다. 대부분의 외국 방문객들이 즐겨 찾는 옥류관 역시 전기 문제로 난방이 되지 않아 문을 닫은 상태여서 그 유명하다는 평양냉면 맛을 볼 수가 없었다.

당시 북한은 해마다 반복되는 가뭄과 홍수로 인한 굶주림, 전염병으로 이미 300만 명 이상의 주민들이 목숨을 잃어 국제 사회의 긴급 지원이 절실했다.

우리는 통일부와 기아대책기구가 지원하는 10억 원의 지원 자금으로 북한 식수 개발 프로젝트를 시작하기로 하고, 구체적인 내용을 의논하기 위해 북한을 방문하고 있었다. 이들에게 가장 절박한 것이 무엇인지 알아야 구체적인 사업 내용을 구상할 수 있기 때문이었다.

우리를 귀빈으로 맞이하는 북한 측 대표는 나름대로 격식을 갖추어 정성을 다하고 있었다. 대한민국 통일부를 통한 공식적인 대북 지원 사업이었기 때문이다. 통상 남측에서 방문하면, 도착 당일 저녁은 북측의 환영 만찬이 있고 떠나기 전날 저녁은 우리가 대접하는 송별 만찬이 베풀어진다. 첫날 환영 만찬에 초대된 우리는 정장을 하고 식당으로 갔는데, 북측 대표단 역시 공식 정장인 인민복을 입고 기다리고 있었다. 식사가 다 차려지자 보위부에서 나온 인사가 정중하게 환영 인사를 했고, 나 역시 협력 사업의 기대와 의의를 간단하게 이야기하며 좋은 시간이 되기를 바라는 마음을 나누었다. 식사를 막 시작하려는데 느닷없이 민족화해협의회에서 나온 친구가 웃으며 말했다.

"대표 선생님, 식사 기도는 안 하십니까?"

갑작스런 질문에 잠시 당황했지만 웃으며 대답했다.

"북조선에서 종교 행위가 괜찮은지 몰랐네요."

"무슨 말씀입니까? 우리도 교회가 있습니다. 저는 봉수교회 집사입니다."

민족화해협의회에서 나온 친구가 스스럼없이 말하기에 내가 질문했다.

"우리 보위부 선생도 함께 나가시나요?"

"안 나갑니다. 하지만 서는 일없으니 편한 대로 하십시오."

아마 그동안 남북 협력 사업을 위해 방문한 남측 목사들을 통해 자연스럽게 형성된 모습 같았다.

이들은 평양에 머무는 동안 매일 저녁 노래방이 갖추어진 고급 식당으로 우리를 데리고 갔는데, 식탁에는 언제나 백두산 더덕술, 들쭉술같이 북한이 자랑하는 약주와 과일주가 있었다. 물론 모든 비용은 우리가 지불해야 했다. 이들 두 사람은 멈추지 않고 담배를 피우는 애연가였는데, 체질상 술과 담배를 못하는 나에게 하루는 불만이 가득한 목소리로 말했다.

"술과 담배를 못하면 우리와 협력 사업 못 하십니다."

농담처럼 웃으며 말했지만, 앞으로 몇 년간 함께 일을 하는데 먼저 기선을 제압하고자 하는 것 같아 보였다. 부친께서 평생 술을 입에도 대지 못하셨을 만큼 나는 체질적으로 술이 맞지 않았고, 담배 역시 환절기마다 기침으로 고생하는 나에게는 독약이었다. 주치의는 하루에 와인 한 잔 정도는 스트레스를 많이 받는 내 심장에 도움이 된다고는 했다.

"나이 든 사람에게 술 담배를 못하면 함께 일을 못 한다고 강요하는 것을 보니, 이곳에는 삼강오륜이 없나 봅니다. 제 부친은 흡연 때문에 폐암으로 돌아가셨어요. 두 분이 담배를 끊으면 다음 방문 땐 와인 한 잔은 할 수 있겠습니다."

의외로 진지한 내 태도에 두 사람은 많이 당황하며 말했다.

"아닙니다, 대표 선생님. 우리도 얼마나 엄격한 도덕 기준이 있는데요. 농담이었습니다."

그동안 남측에서 방문한 많은 사람들에게 이런 짓궂은 장난으로 골탕을 먹이곤 했을 것이다.

다음 날 오전에는 평양적십자병원을 방문해서 병원의 식수 공급 시스템을 점검하고 병원 책임 의사와 회의를 했다. 그 자리에는 북한의 모든 정수장을 책임지는 수자원 전문가 세 명이 함께 배석했다.

조선적십자병원 방문

조선적십자병원은 평양의대병원, 김만유병원과 함께 북한의 3대 종합 병원으로, 1948년 3월 10일 설립되었다. 이 병원은 심장, 호흡기, 소화기 등 20여 개 과의 전문 병원과 대학원을 운영하며, 900여 명의 의사와 700여 명의 간호사가 근무하는 4차 의료 기관이다. 일반인이 갈 수 있는 가장 높은 종합

조건 없는 사랑

병원으로, 전국에 지원을 두고 일반인들에게 의료 혜택을 제공하는 북한 의료계의 핵심이다. 또한 평양적십자병원 옆 건물은 수액 공장으로 북한 전역에서 필요한 수액 영양제의 제조 및 공급을 맡고 있었다. 회의에 참석한 병원 책임자는 여자 의사였는데, 내과 박사로 평양뿐 아니라 전국의 모든 조선적십자병원을 맡고 있다고 했다.

"조국에 오신 두 분을 환영합니다. 이미 보셨듯이 우리 병원은 식수 공급에 심각한 어려움을 겪고 있습니다. 수술 후 2차 감염으로 환자가 위험에 빠지며, 환자들이 설사로 사망하는 불행한 일이 지속되고 있습니다. 그리고 병원 옆에 있는 수액 공장은 깨끗한 물이 없어서 전국 병원들의 필요를 채울 수 없습니다. 이번에 이러한 어려움을 해결할 수 있도록 잘 도와주시면 고맙겠습니다."

의료원장이 먼저 환영 인사와 함께 그들이 겪고 있는 어려움을 정직하게 나누어 주었다. 우리는 회의에 앞서 식수를 공급하는 지하 물탱크, 지상 물탱크를 비롯해 건물 전체에 물을 공급하는 시설들을 돌아보고 상황을 미리 파악하고 있었다.

60년 전에 세워진 이 병원은 대부분 시설이 심하게 낡아 보였는데, 특히 식수 공급 시설은 너무나 열악해서 도무지 북한 최고의 병원 시설이라고 할 수가 없었다. 이 병원에 깨끗한 물을 공급하기 위해서는 지하수 개발뿐 아니라 식수 공급 시스템 전체에 대대적인 수리가 절실했다. 잠깐 살펴본 지하 물탱크는 얼마나 많은 쥐들이 빠져 죽어 있을까 의심이 들 정도로 오염이 심했다. 이런 물을 공급받는 환자들을 생각하니 가슴이 아팠다. 현장 조사를 마치고 회의실에 다시 모인 우리는 앞으로 해야 할 일을 구체적으로 의논하기 시작했다.

"제 모친 고향이 38선 이북이어서 여전히 많은 외가 친척이 북조선에 살고 있습니다. 저는 휴전 직후에 태어났는데, 북쪽에서 태어났다면 지금 선생님들 자리에 있을 수도 있겠다는 생각이 듭니다. 앞으로 몇 년간 협력 사업을 함께할 텐데, 이산가족이 함께 만나 서로의 필요를 채워 주는 시간이 된다면 더 의미 있으리라 생각됩니다."

"저 역시 대표 선생님과 비슷한 시기에 태어났습니다. 저희 측에서 할 수 있는 최대한의 지원을 아끼지 않을 것을 약속드립니다."

병원장은 내 말에 깊이 공감하며 적극적인 지원을 약속했다. 이어서 수자원 기술팀과 구체적으로 기술적인 문제들을 다루는 회의를 지속하였다. 그들이 절실하게 필요로 하는 것이 무엇이며 우리가 어떻게 할 수 있는지를 함께 의논하면서 몇 가지 사업에 초점이 모아졌다.

• 지하수 개발 장비를 가지고 와서 평양적십자병원 내에 최소한 하루에 2천 톤 이상의 지하수를 개발해 수액 공장에 필요한 물을 공급한다.
• 평양적십자병원과 김일성종합병원, 그리고 신생아 병원에 최첨단 정수 장비를 설치해서 2차 감염 환자 발생을 예방한다.
• 3백만 명의 주민이 사용하는 정수장에 1년 동안 필요한

식수 소독제를 공급해 수인성 질병으로 인한 피해를 막고, 특히 전염병 확산을 예방한다.

• 지하수 개발 장비와 탐사 장비를 사용할 수 있도록 북조선 기술 인력을 훈련시킨다.

회의가 모두 끝나고 마무리를 하는데, 병원장이 조심스럽게 말했다.

"대표 선생님, 혹시 병원 내 식수 공급 시스템을 전면 개보수해 주실 수 있는지요? 그리고 굴착 장비뿐 아니라 운반하는 트럭도 함께 주실 수 있을까요?"

나는 웃으면서 말했다.

"저는 평생 현장에서 일하고 있는 엔지니어입니다. 장비가 오면 필수적으로 운반할 수 있는 트럭이 필요하고, 지하수를 개발하면 공급 시스템의 전면 개보수는 당연한 것입니다. 오늘 아침 회의 전에 현장을 돌아보면서 이미 급수 펌프와 펌프실 내 교환 가능한 파이프를 전면 교체하기로 결정했습니다."

병원장은 감동한 나머지 더 이상 말을 잇지 못했다.

며칠 후 일정을 모두 마치고 공항으로 가는 길에 보위부 친구가 머뭇거리며 말했다.

"대표 선생님, 약속하신 모든 것 정말 지킬 수 있으신지요?"

나는 웃으며 눈을 똑비로 보고 이야기했다.

"며칠 동안 함께 다녔는데, 상대의 진심도 분별하지 못하는 사람과 지금 일하고 있는 겁니까?"

일순 당황한 보위부 친구가 용수철처럼 즉시 대답했다.

"아닙니다, 대표 선생님. 당연히 믿지만 우리의 필요를 미리 내다보며 먼저 제안해 주는 팀을 처음 만났기 때문에 그렇습니다."

60년 이상 분단되어 살아온 남과 북은 동일한 언어를 사용하고 있지만, 정치만큼이나 일반 주민들의 가치관 또한 전혀 다른 나라처럼 느껴지는 부분이 한두 가지가 아니었다. 그동안 좋은 마음으로 북한을 돕고자 찾아왔던 사람들이 전혀 예상치 못했던 일들로 많은 고초를 겪었을 것이 틀림없다. 지원하는 물품이 필요가 절실한 주민들에게 실제로 전달되는지 확인이 어려워도, 정치적인 이유로 멈출 수도 없는 딜레마에 빠져 있는 것이 남북 협력 사업의 현실이었다.

남을 도울 때는 우리가 할 수 있는 최상으로 해야 한다는 팀앤팀의 정신이 틀리지 않기를 바라면서 엄동설한 북한을 떠나 심양을 거쳐 서울로 돌아왔다.

평양 재방문

그 후 3개월 후에 약속한 몇 가지 장비와 물자를 가지고 다시 북한을 방문했는데, 그 과정에서 온갖 난관을 통과해야 했다. 비록 총성은 멎었지만 남북한은 휴전선을 마주하고 서로를 적으로 삼아 대치하고 있는 상태이기에 군사적으로 이용될 소지가 있는 물건을 북한에 가지고 갈 수가 없다. 지하수 굴착 장비는 땅굴 개발에 악용될 수 있다고 의심하는 연합사령부를 방문해서 오랜 시간 설명해야 했고, 급기야는 국정원까지 개입하고서야 허락을 받을 수 있었다. 지하수 탐사 장비는 북한 측에서 시비를 걸어 우리 파트너들이 고생을 했다. 남쪽에서 자신들의 땅속 정보를 캐내려 한다고 의심했기 때문이다.

다시 방문한 4월의 평양은 모든 것이 얼어붙어 있던 지난 1월과 완연히 달랐다. 도처에 형형색색의 꽃들이 만개해 있는 평양은, 말 그대로 금수강산 우리나라의 아름다움을 있는 그대로 뽐내고 있었다.

평양 순안 공항에 도착하자 지난번에 에스코트했던 두 사람이 다시 나와서 따뜻하게 영접했다.

"대표 선생님, 정말 반갑습니다. 눈이 빠지게 기다렸습니다. 그리고 저희 두 사람 다 담배를 끊었습니다. 약속대로 이제 술은 함께 하시는 거지요?"

"아니, 정말 금연을 했단 말입니까?"

"당연하지요, 남에서 오시는 귀한 손님을 기쁘게 하기 위해 그 정도를 못하겠습니까?"

진한 농담으로 환영하는 두 사람을 보니 마치 오랫동안 헤어졌던 친구를 다시 만나는 느낌이었다. 상황을 들어 보니 심장이 안 좋은 김정일 위원장이 의사의 심각한 경고로 금연을 시작하면서, "담배는 심장을 겨눈 총이다!"라며 간부들에게 금연을 지시했다고 한다. 일반적으로 공산주의 사회는 자유주의 사회에 비해 흡연율이 월등히 높다. 폐쇄된 사회에서 쌓이는 스트레스 해소가 쉽지 않기 때문일 것이다. 세간에서는 김정일의 명령이 지켜지지 않는 극소수의 사건이 바로 금연

▲ 평양에 있는 조선적십자종합병원에 정수기를 설치해 오염된 식수로 2차 감염이 되는 일
이 더 이상 없도록 했다. 작업 중인 팀앤팀 좋은물연구소 김태영 소장과 지켜보는 병원장.

이라고 할 정도로 간부들에게 어려운 숙제였는데, 담배를 끊
지 못한 사람도 공적인 장소나 행사에서는 금연할 수밖에 없
었다고 한다. 결국 2007년 4월 김정일 위원장은 심근경색으
로 독일 의사진에게 심장 수술을 받았다.

이번 방문에는 평양에 있는 조선적십자종합병원의 식수 파
이프와 급수 펌프 교체를 위한 설계 전문가, 지하수 개발을 위
한 굴착 지점 선정 및 지하수 탐사를 진행할 전문가들이 함께
왔다. 이들은 각각 해당 분야의 공사를 위한 설계를 하고, 다음
에 올 때 어떤 물자와 장비가 필요한지를 점검하였다. 그리고
병원에 입원 후 오염된 식수로 인한 2차 감염 피해를 예방하기
위해 하루 30톤 규모의 최첨단 정수기를 설치해서 더 이상 수
인성 환자가 발생하지 않게 되었다. 이 작업을 위해 팀앤팀 좋
은물연구소 김태영 소장이 동행해서 직접 작업을 하고 어떻게

조건 없는 사랑

정비를 해야 하는지 이들을 훈련시켜 주었다.

본격적으로 지하수를 개발하다

우리는 2004년 7월 첫 주에 다시 평양을 방문해서 본격적으로 지하수 개발을 시작했다. 당시 평양은 7월 8일 김일성 주석 사망 10주기 준비로 모든 시민들이 동원되고 있었다. 김일성 동상이 있는 만수대는 한복을 곱게 차려입은 주민들의 방문으로 분주했고, 학생들은 능라도 경기장에서 펼쳐질 초대형 매스 게임 준비에 총동원되고 있었다.

북한은 6월 29일 김일성 주석 10주기 행사에 고 문익환 목사의 부인 박용길 씨를 초청했지만, 남측 정부가 방북을 반대하자 '우리의 체제를 부정하고 우리를 대화의 상대로 여기지 않으려는 자들과는 더 이상 상종할 의사가 없다'며 모든 대화를 차단했다. 평양에 있던 우리는 이런 상황을 알지 못한 채 작업에 여념이 없었는데, 나중에 알고 보니 우리를 마지막으로 북한 방문이 불허되었다. 북한은 이미 남측과 약속한 회담도 취소하고 모든 대북 협력 사업을 중단시켜서 남북한 정세가 차갑게 얼어붙어 버렸다.

우리 팀은 두 주 동안 북한 기술진에게 장비 사용법을 가르치며 적십자병원 내에 두 공을 굴착해서 하루 3천 톤 이상의 지하수를 얻을 수 있게 되었다. 함께 간 용접공과 배관공은 가지고 간 급수 펌프를 설치하며 부식된 파이프들을 새롭게 교환하는 작업을 수행했다. 하지만 작업이 한창 진행되던 중 고질적으로 아픈 내 허리의 통증이 갈수록 심해지기 시작

했다. 아마 아프리카로부터의 장거리 여행과 방북 전에 처리해야 했던 많은 일들이 원인이 된 것 같았다. 이미 척추 수술을 몇 차례 받았던 나는 일단 이렇게 통증이 시작되면 몇 주 동안 꼼짝도 못하고 고생하곤 했다. 한국이나 아프리카 집이라면 병원 물리 치료를 받으며 한 달 정도 쉬면 되겠지만, 북한에서 증세가 심해지면 문제가 복잡해질 수 있었다. 안타까운 마음에 보위부에서 나온 친구에게 부탁을 했다.

"급하게 돌아갈 수 있도록 도와주면 좋겠습니다. 내 허리가 한번 악화되면 한 달 정도 움직이기 어려운데, 당신들에게도 어려움이 생길 수 있을 것 같습니다."

깜짝 놀란 보위부 친구가 두말없이 비행기 상황을 알아보기 시작했다. 북한에서 어떤 종류든 내게 어려움이 생기면 북한 측 파트너들이 곤란해질 수 있다. 어느 해 미국에서 북한을 방문한 팀원 중에 나이 드신 분이 새벽에 호텔에서 심장마비로 사망했는데, 북한에서 고문으로 죽였다는 공격을 받았다. 다행히 이 팀에 동행한 한국인 의사가 상황을 설명하면서 증인이 되었기에 비난에서 벗어날 수 있었다.

"대표 선생님, 마침 특별기가 내일 한 대 있다고 해서 예약을 했으니 출국 준비 하십시오."

다행히 김일성 사망 10주기에 참석하는 해외 귀빈들을 위한 특별기가 심양과 평양을 매일 운항하고 있어서 허리가 더 악화되기 전에 떠날 수 있었다. 우여곡절을 거친 끝에 비가

◁ 북한 기술자들이 우리가 가지고 간 굴착기로 훈련받으며 작업에 한창이다.

주룩주룩 내리는 인천 국제공항에 도착해 서울로 돌아오는 중에 전화 한 통을 받았다.

"이용주 선생님이십니까?"

"네, 그렇습니다만……."

"여기는 국정원 대북 담당 부서입니다. 선생님이 북한에서 가장 최근에 나오신 분이어서 몇 가지 여쭤보려고 연락드렸습니다."

"네, 말씀하십시오."

"북한이 갑자기 모든 통로를 차단하고 대화를 끊어 버렸습니다. 이미 아시겠지만 문익환 목사 부인 방북 불허 때문이라 추정을 하는데요, 혹시 북한 내부에 특별히 다른 모습은 보이지 않던가요?"

"현재 평양은 김일성 사망 10주기 행사 준비로 여념이 없어 보이고, 다른 정치적 이변이 보이지는 않았습니다. 저희 팀은 예정된 계획에 따라 순조롭게 작업을 진행하고 있고, 저는 개인적으로 건강에 문제가 생겼는데, 특별기를 주선해 주어 바로 나올 수 있었습니다."

"네, 고맙습니다. 치료 잘 받으시기 바랍니다."

이 방문을 끝으로 대북 사업은 서울 사무실에 맡기고 나는 다시 아프리카로 돌아와 남수단 사업에 전념하기 시작했다. 그 후에도 대북 지원 사업은 3년간 지속되어, 주로 병원을 중심으로 여러 곳에 지하수를 개발하면서 기술진들을 훈련시켰다. 북측에서 우리에게 용접, 배관, 굴착 장비 등을 배우라고 보낸 청년들은 대략 이십 대 후반에서 삼십 대 중반이었는데,

모두 영리하고 배우고자 하는 열의가 뜨거웠다. 지금도 그 당시 청년들이 새로운 기술을 익히며 기뻐하던 모습이 눈에 선하다.

긴급구호1 남수단 보마

어느 날 카쿠마Kakuma 난민촌에서 일하는 친구 스테판이 남수단 보마의 주민들이 겪고 있는 고통스러운 상황을 이야기해 주었다.

"얼마 전 유엔 긴급 식량 보급팀과 남수단 보마를 방문했는데, 마을 추장이 고통을 호소했어요. 마을에 물이 없어서 매일 주민들이 죽어 가고 있으니 어떻게든 살려 달라고 하더군요."

남수단 보마는 케냐 국경에서 400킬로미터 못 미치는 거리에 있는 곳으로, 비포장이긴 하지만 소형 비행기 활주로까지 있는 제법 규모가 있는 마을이다. 주민은 주변을 지배하는 무를레Murle 부족 3만 명과, 십수 년 전 케냐 국경에서 이주해 온 지에Jie 부족 2만 명이 근방에 정착해 있다.

이 지역은 우기가 시작되는 3월 하순부터 11월 말까지 도로가 물에 잠기면서 외부와 완전히 고립된다. 그리고 건기가 시작되는 12월부터 이듬해 3월 중순까지는 섭씨 50도 내지 60도까지 올리기는 살인적 더위에 마을의 펌프들이 대부분 말라 버려 먹을 물을 구할 길이 없어진다.

사람들은 생존의 위협을 느끼며 가축 떼와 함께 물을 찾아

▲ 식수를 개발하기 위해 마을을 찾아가는 동안 마실 물이 없어 죽은 가축 떼가 곳곳에 보여
마음을 무겁게 했다.

조건 없는 사랑

떠나지만, 병들고 연로한 사람들은 떠날 엄두조차 내기 어렵다. 숨 막히는 더위에 수백 킬로미터를 걸어야 에티오피아 난민촌에 도달할 수 있기 때문이다. 우리가 처음 방문한 2002년에도 아이들과 노인들이 매일 이삼십 명씩 죽어 가고 있었다.

여러 가지 복잡한 준비 과정을 거치며 우리 긴급구호팀은 2005년 12월부터 이듬해 3월 말까지, 연중 식수 공급이 끊어지지 않도록 수원지와 마을까지의 9킬로미터를 파이프로 연결하는 긴급 프로젝트를 시행했다. 나이로비에서 보마까지는 1,500킬로미터로, 특히 수단 국경에서 보마까지의 400킬로미터는 건기가 되어도 어디가 길인지 구분이 쉽지 않다. 우기 8개월 동안 주변보다 파여 있는 자동차 도로가 물이 흐르는 작은 개울로 변해서 길이 사라지기 때문이다.

이 길을 오가며 사업을 준비하던 우리는 몇 번의 교통사고로 팀원 일곱 명이 거의 죽을 고비를 넘어야 했다. 공사를 위해 한국에서 포크레인 한 대가 보내졌고, 필요한 파이프를 비롯한 물자들을 나이로비에서 수송하기 위해 20톤 트럭이 7대나 동원되었다. 길이 얼마나 험한지 서로 끌고 밀어 주면서 일주일이나 걸려 들어온 트럭들의 타이어는 실밥이 다 보일 정도로 닳아 있었다.

이 공사는 수많은 어려움을 이겨 내고 2006년 3월 마침내 완공되었다. 건기에도 24시간 넘쳐흐르는 물이 마을 중앙에, 그리고 병원까지 공급되어, 10년이 지난 오늘까지도 5만 명이 넘는 주민들에게 생명수가 되고 있다.

▲ 수많은 어려움을 이겨 내야 했던 보마 마을의 식수 구호 사업. 보마 주민에게 필자가 공사
과정에 대해 설명하고 있다.

조건 없는 사랑

그로부터 5년이 지난 2012년 1월, 보마 상부 피보르^{Pibor} 지역에서 누에르^{Nuer} 전사 6천 명이 무를레 마을을 공격하여 어린아이와 여성들을 포함해 수천 명을 죽이고 아이들을 납치하면서 또다시 내전의 씨앗이 싹트기 시작했다. 남수단 지배 부족 중 하나인 누에르족이, 자신들의 가축을 훔치고 아녀자들을 납치했다는 이유로 무를레족을 공격한 것이다. 이들이 구호 단체가 운영하는 병원까지 공격해 의료진과 환자들을 살해하면서, 주민 만여 명이 급히 보마로 피난을 왔다. 피난민들이 보마를 선택한 것은 이곳에 물이 충분하기 때문이었다. 어떤 이유로든 물이 부족한 곳으로 옮겨 가면 기존에 살고 있는 주민들과 또 다른 분쟁이 일어나기에 멀어도 물이 충분한 곳으로 갈 수밖에 없다.

아프리카의 지역 분쟁은 가축, 식수 등 사소하지만 생존에 직결된 영역에 침해를 받거나 위협감을 느낄 때 순식간에 발생한다. 이들의 현실은 먼 미래를 계획할 수 있을 만큼 안전하지 않으며, 내일도 생존할 수 있다는 확신이 없다. 오랫동안 눈앞에서 사랑하는 가족들이 차례차례 대책 없이 죽어 가는 것을 봐야 했던 이들에게 내일이란 단어는 사치에 불과하다. 눈앞에 있는 것을 잃으면 내일의 생존을 건 전투를 해야 하는 이들의 절박함을 향해 누가 감히 돌을 던질 수가 있겠는가? 만약 이것이 석유나 중요한 지하자원 같은 것이면 전국 단위의 내전으로 번지게 된다. 더 나아가 이러한 자원을 차지하기 위해 서구나 중국, 러시아 같은 강대국들이 뒤에서 지원을 시

▲ 남수단 내전으로 수십만 명의 난민이 살상을 피해 케냐와 우간다 국경을 넘는다.

작하면, 이 분쟁을 막는 것은 정말 어려워질 수밖에 없다.

　그리고 2013년 12월 15일, 마침내 분쟁이 확산되면서 남수단은 또다시 길고 긴 내전의 소용돌이 속으로 들어갔다. 부족 지도자들이 중앙 정부에 쌓인 불만을 표출하는 도구로 이 분쟁을 이용했기 때문이다. 결국 수십만 명의 난민이 살상을 피해 케냐와 우간다 국경을 넘기 시작했다. 다급한 우간다 정부와 유엔 및 국제 구호 단체들은 몰려드는 난민들을 위해 국경 부근 아주마니Adjumani와 비디비디Bidi Bidi 등에 급히 난민촌을 준비하고 이들을 돌보기 시작했다.

조건 없는 사랑

긴급구호2 우간다 난민촌

유니세프 우간다는 27만 명의 난민을 수용하고 있는 비디비디 난민촌을 중점적으로 돕고 있는데, 난민 한 명당 하루에 9리터의 식수도 공급하지 못하고 있다며 우리에게 급히 도움을 요청해 왔다.

준비되지 않은 장소에 수만 명에서 수십만 명의 난민들이 짧은 시간 동안 몰려들게 되면 당연히 식량과 식수 공급의 어려움이 발생한다. 또한 난민들은 화장실 부족과 생활 쓰레기 오염으로 인한 전염병에 속수무책으로 방치될 수밖에 없다. 따라서 식량과 식수 공급, 의료 시설 및 치안 유지 등 난민들에게 반드시 필요한 생존 시스템이 신속하게 갖추어져야 또 다른 2차 재난을 막을 수 있다. 난민들은 고향을 떠나 난민촌까지 오면서 수개월에서 길게는 수년 동안 두려움 속에서 극한의 상황을 극복하며 생존 본능만을 따라 왔다. 이들 마음에는 이 모든 환경에 대한 원망과 분노가 가득해서 아주 사소한 일에도 쉽게 폭발한다.

난민들에게 공급되는 식수는 국제 기준으로 하루에 최소한 15리터가 되어야 한다. 국제적십자는 우간다에 피난 온 남수단 난민의 86퍼센트가 여성과 아동으로, 우기가 되면 열악한 식수와 위생 시설로 인한 전염병 때문에 이들이 가상 먼저 희생될 수 있다고 경고하였다.

팀앤팀 국제 본부는 현지 답사팀을 보내어 난민촌들을 살

펴보고 유엔난민위원회^{UNHCR}와 유니세프, 코이카 현지 사무
실과 긴급 회의를 했다.

우리는 즉시 난민촌 긴급구호를 시작하기로 결정하고 오랫
동안 남수단 국경 근방에서 대단위 농장을 운영하고 있는 이
현수 박사와 준비를 시작했다. 우간다는 치안이 안정되어 있
고 국경 근처 땅이 비옥한 환경이어서, 유엔은 처음부터 난민
촌을 별도로 건립하기보다 난민들이 농사를 통해 이곳에서
빨리 정착할 수 있도록 돕는 정책을 세운 터였다. 농생명공학
분야의 저명한 학자이기도 한 이 박사는 70세가 되면서 남은
삶을 아프리카 식량 문제 해결을 위해 살기로 결정하고 재산
을 정리해 우간다로 왔다. 팀앤팀은 2016년 9월 우간다 정부
에 즉시 구호 단체 등록을 하는 동시에 장비를 구입하여 2017
년 1월부터 남수단 국경 근방에서 긴급구호를 시작했다.

지구촌 난민 현황과 난민촌

전쟁과 내전으로 셀 수 없이 많은 사람들이 나라와 집을 떠
나 난민으로 살고 있다. 르완다는 1994년 내전으로 3개월 만
에 70만 명 내지 100만 명이 죽고 200만 명이 난민이 되면서
인구의 절반이 사라졌다. 남수단은 내전 39년간 비공식 기록
으로 300만 명 이상이 목숨을 잃고 400만 명의 난민을 발생
시키면서 2005년 평화 협정을 맺었지만, 다시 온 나라가 심각
한 분쟁의 소용돌이 속에 들어가 있다.

유엔은 우간다 국경 난민촌에 매일 평균 4천 명의 남수단
난민들이 몰려들고 있어서, 곧 90만 명 이상이 되어 기존의 난

민촌 규모로는 도저히 감당할 수 없을 것이라 염려하고 있다.

케냐 동북부 소말리아 국경에는 세계에서 가장 큰 다답^{Dadab} 난민촌이 있다. 원래 내전을 피해 도망 온 소말리아 사람들을 위해 1991년에 9만 명 규모로 세워졌지만 지금은 50만 명이 수용되어 있다. 그리고 케냐 북부 수단 국경에는 세계에서 가장 오래된 카쿠마 난민촌이 있으며, 현재 약 18만 3천 명의 난민들이 수용되어 있다.

난민촌 안에서의 갈등도 심각한 문제가 되곤 한다. 적개심이 남아 있는 특정 부족을 용서할 수가 없기에 난민촌 안에서는 이들을 같은 구역에 배치하지 않는다. 특히, 소말리아 난민

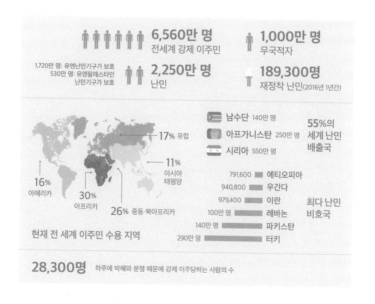

▲ 세계 난민 현황(2016년 12월 말 기준). 지구촌이라는 말이 무색하게 한쪽에서는 수많은 사람들이 나라와 집을 떠나 난민으로 떠돌고 있다.

촌에는 종교적인 문제로 인한 심각한 갈등이 상존한다. 때로는 테러 조직들이 전 세계로 흘러 들어가는 전진 기지로 난민촌을 활용하기도 한다. 다답 난민촌은 소말리아 테러 분자들이 제집처럼 드나들며 온갖 문제를 일으키고 있어서 수년 전부터 문을 닫고자 하지만, 갈 곳 없는 난민들을 돌려보낼 곳이 마땅치 않아서 고민하고 있다.

'2015년 세계 난민 동향 연례 보고서'에 따르면, 전 세계 난민 인구는 2011년에 4천만 명을 넘어선 이래, 불과 3년 만에 40퍼센트가 증가한 5,950만 명을 기록했다. 매일 약 3만 8천 명의 난민이 고향을 등지고 있으며, 매달 약 114만 명의 난민으로 구성된 신도시가 생겨나는 셈이다.

▼ 세계에서 가장 규모가 큰 다답 난민촌. 50만 명의 난민이 지내고 있다.

조건 없는 사랑

어느 날 느닷없이 시작된 전쟁을 피해 난민촌으로 피난 온 사람들은 돌아갈 기약도 없이 생존에 필요한 최소한의 식량 배급에 의지해서 삶을 연명해야 한다. 난민촌에서 태어난 아이들에게 이곳은 고향이기에 전쟁이 끝나도 돌아갈 곳이 없는 국제 미아가 된다. 유엔은 고국으로 돌아가서 자립하도록 여러 가지 교육 프로그램을 제공하지만, 이들은 엄마 품을 떠날 수 없는 아기처럼 좀처럼 난민촌을 떠나지 못한다.

긴급구호3 케냐 난민촌

팀앤팀은 카쿠마 난민촌에서 유엔난민위원회와 함께 긴급구

호를 수행하고 있다. 이곳에는 40여 개의 국제 구호 단체가 유엔난민위원회의 지원을 받으며 각 단체가 할 수 있는 영역에서 난민들을 돕는다. 팀앤팀은 난민 한 명당 매일 15리터 이상 깨끗한 식수를 공급할 수 있도록 지하수를 개발하고 항구적인 공급 시스템을 만들어 주고 있다.

카쿠마 난민촌에도 우간다 국경과 동일하게 남수단 동북부에 사는 주민들이 국경을 넘어 매일 평균 천 명 정도 유입되고 있어서 최근에만 약 4만 6천 명 이상이 신규 등록되었다.

급기야 기존의 캠프가 포화 상태가 되어 최근 캠프4가 급하게 신설되었지만, 식수 공급 시설이 없어서 유엔난민위원회가 팀앤팀 사무실에 긴급 도움을 요청해 왔다. 하지만 지하수를 개발하고 물탱크를 설치하는 데에는 수개월이 필요하기에, 일단 기존 캠프1에 있는 식수원에서 신규 캠프4까지 급하

▲ 남수단 동북부에 사는 주민들이 매일 천 명 정도 유입되고 있는 카쿠마 난민촌.

조건 없는 사랑

게 공급 파이프를 매설(3.6킬로미터)해서 난민 1인당 하루 평균 17.35리터를 제공하기 시작했다. 또한 지속적으로 안정적인 수원을 확보하기 위해 2공의 신규 대용량 지하수를 개발하고, 두 개의 대형 물탱크(각 108톤)를 설치해서 충분한 식수를 공급하게 되었다. 한국 정부(외교부의 인도적 지원 자금)와 삼성엔지니어링에서 후원한 긴급구호 자금이 이 사업에 즉시 투입되었다.

유엔난민위원회는 난민을 그 유형에 따라 조국을 떠나 타국에서 살고 있는 난민refugee, 자국 내의 안전한 곳으로 피신해 살고 있는 자국 내 실향민IDP: Internally Displaced Person, 타국에 살면서 난민으로 인정받기 위해 신청서를 제출한 망명 신청자Asylum seeker로 분류한다. 일단 난민으로 인정을 받으면 개인적 기본권은 물론이고 합법적으로 외국인 체류자가 누릴 수 있는 모든 권리를 갖게 되어 성인에게는 일할 권리가, 아동에게는 교육의 기회가 주어진다.

인류의 역사는 전쟁의 역사, 갈등의 역사라고 해도 과언이 아닐 정도로 분쟁으로 인한 총성이 한 순간도 멈춘 적이 없다. 20세기에 들어와 각종 크고 작은 전쟁으로 사망한 사람들의 숫자는, 통계마다 다르긴 하지만 1억 명 내지 1억 8천만 명으로 추산된다. 피해자는 민간인(6,200만 명)이 군인(4,300만 명)보다 훨씬 많다. 2차 세계 대전 이후에 발생한 내전 중에 공식 기록상 100만 명 이상의 사망자가 발생한 내전은 콩고(300만 명), 캄보디아(170~250만 명), 수단(190만 명), 르완다(117만 명) 등이 있다. 그 밖에 10만 명 이상의 희생자를 기록한 내전으로,

▲ 몰려드는 난민들의 행렬에 카쿠마 난민촌은 급하게 캠프를 늘려 가고 있다. 캠프4에 팀앤
   팀이 설치한 108톤 규모의 물탱크.

조건 없는 사랑

앙골라(50만 명), 시에라리온(20만 명), 과테말라(20만 명), 부룬디(15만 명), 라이베리아(15만 명), 알제리와 체첸(각각 10만 명)이 있다. 지금도 시리아 내전은 바닥을 모르는 수렁에서 헤어날 길이 없어 보인다.

All in, All out

긴급구호는 죽음의 현장에서 인명을 구출하는 일이다. 사람들이 가족과 이웃을 잃은 충격으로 두려움과 절망에 빠져 있는 암흑의 현장에서 수행된다. 구호 요원들은 어둠에서 생명을 구할 뿐 아니라, 사람들의 무너진 마음까지 어루만져 주어야 한다. 그리고 무엇보다 자신을 위험에서 지킬 수 있어야 한다. 내가 죽거나 다치면 구해야 할 사람도 죽을 수 있기 때문이다.

재난이 발생하면 외부에서 현장으로 접근하는 것 자체가 쉽지 않다. 치안은 말할 것도 없고, 모든 도로가 차단되어 들어갈 수가 없기 때문이다. 2012년 8월 케냐 동남부 타나델타에서 일어난 부족 갈등으로 2013년 초까지 여러 마을이 불태워졌고 주민 수백 명이 서로 살상하며 싸움을 벌였다. 정부는 24만 명이 사는 이 지역에 무장한 군인 2천 명을 즉시 보내 주민들의 통행을 제한하며 외부인의 출입 또한 차단했다. 하지만 십여 년 동안 이 지역 전체의 수자원을 돌보고 있던 우리는 밤낮없이 움직여야 했다. 계엄으로 격리된 마을의 식수 공급이 중단되면 더 심각한 문제가 생길 수 있기 때문이다. 멤버늘의 안전을 위해 팀앤팀 로고가 부착된 차량을 이용해야 했고, 팀앤팀 이름이 선명하게 새겨진 재킷을 입어야 했다. 서울에서는 아예 팀앤팀 이름이 야광으로 새겨진 특수 재킷을 제작해서 긴급 공수했다. 주민들이 밤에 상대 부족으로 오인해서 공격하지 않도록 하기 위해서였다.

에볼라로 전국이 비상계엄 하에 놓였던 시에라리온 역시 유엔과 구호 단체 로고가 부착된 차량들만 제한을 받지 않고 활동할 수 있었다. 모든 차량은 소속 단체의 로고를 양 측면과 엔진 덮개에 부착하도록 요구되었고, 번호판 색깔도 일반 차량과 다르게 제공되었다.

팀앤팀이 일하는 대부분의 장소가 이처럼 전쟁과 재난 지역이다 보니 수시로 힘겨운 상황에 부딪히게 된다. 우리 팀은 지금까지 열 번이 넘는 대형 자동차 사고로 팀원들이 생명을 잃고 심각한 부상을 당했다. 치안 또한 누구도 보장해 주지 않는 위험한 지역들이어서 여러 번 강도의 공격을 받아야 했다. 우리 공동체에는 팀원들을 현장으로 보낼 때 하는 독특한 작별 인사가 있다.

"Come back alive!(살아서 돌아오세요!)"

"See you again!(다시 만나요!)"

현장과 통화할 때에도 농담처럼 안부 인사를 건넨다.

"Are you still alive?(아직 살아 있지?)"

우리가 사용하지 않는 작별 인사가 "Good Bye!"다

지금 시에라리온 현장팀은 위성 전화만 가능한 라이베리아 국경 퉁키아Tunkia라는 마을에 있다. 마을 주민들이 음식을 대접하고 싶다며 원숭이를 먹는지 물어보는 오지다. 옆 동네 라

이베리아 밀림에는 아직 식인종이 살고 있다고 해서 팀원들을 놀라게 했다. 베이스에서 열다섯 시간 걸리는 그 마을까지 가는데 길이 얼마나 험한지 펑크가 네 번이나 났다. 작업 중 한 명씩 돌아가면서 말라리아에 감염되었고, 케냐 팀원들은 후추만 먹으면 소화에 어려움을 겪으며 쓰러졌다. 이 나라 음식에는 대부분 후추가 들어가는데 평소에 후추를 먹지 않는 케냐인들이 어려움을 겪는다. 또 지난 몇 개월 동안 영국 정부 요청으로 오지의 보건소에 지하수 개발을 하고 있었는데, 책임자와 부책임자 그리고 지질 전문가까지 말라리아로 모두 쓰러져서 마무리에 큰 어려움을 겪어야 했다.

우리가 작업하는 대부분 지역은 위성 전화로만 연락이 가능하다. 자동차 사고는 물론 팀원들이 풍토병으로 쓰러지는 일이 너무 빈번하기에, 본부의 긴밀한 지원이 확보되지 못한 현장 사업 수행은 마치 특공대원을 무기도 없이 적진으로 보내는 것과 같다. 우리가 쓰러지면 마을 주민들 역시 물이 없어 위험해진다. 팀앤팀 시에라리온에는 작업을 시작할 때 함께 외치는 구호가 있다.

"All in, All out!(최선을 다해 완수하고, 함께 돌아오자!)"

이미 소중한 가족들을 잃어버린 아픈 경험이 서로를 깊이 돌보게 만든다. 일하는 환경 자체에 위험 요소가 많기 때문에 큰 사고 없이 일을 잘 마무리하는 것이 결코 쉽지 않다. 그럼에도 늘 다시는 아무도 잃어버리지 않겠다고 모두들 마음으로 다짐한다.

내 생명을 희생할 각오 없이 남의 생명을 구할 수는 없다.

긴급구호에 가슴이 뛰어서 참여할 수 있지만, 현장에 들어가면 너무 가슴이 아파서 아무리 힘들어도 멈출 수가 없다. 눈앞에 전개되고 있는 상황이 너무 절박하고 처절하기 때문이다. 아픈 자식을 돌보며 가슴 아파하지 않을 부모는 없다. 자식의 고통보다 부모의 마음은 백 배 더 아프다. 부모의 마음으로 이들을 따뜻이 돌볼 수 있는 사람들이 절실하다. 세상이 참 부모를 기다린다.

긴급구호는
이렇게 진행됩니다!

긴급구호는 재난이 발생하면 그 즉시 수행되어야 합니다. 사고 직후 72시간은 생존자를 구할 수 있는 최후의 골든타임입니다. 처음 두 주 동안 얼마나 기민하게 대응하는가에 따라 많은 사람의 생명이 좌우되기 때문이죠. 통상 긴급구호는 최장 3개월을 넘지 않으며, 이후로는 장기 복구 체제로 전환됩니다.

재난이 발생하면 피해 규모에 따라 대응이 달라집니다. 작은 지역에서 발생한 재난이나 해당 국가의 힘으로 해결할 수 있는 규모의 재난에 국제 사회가 움직이지는 않습니다. 그러나 인도네시아 쓰나미, 아이티 지진 같은 대재난이 발생하면 지구촌에 있는 모든 국가와 구호 단체가 총동원되지요. 그렇다고 무턱대고 재난 지역으로 몰려 들어갈 수는 없습니다. 모든 국가는 주권을 가지고 있어서 외국 단체의 무분별한 입국을 제한하고 있으며, 종교적인 제한이 있기도 합니다. 또한 대재난의 현장에는 온갖 위험이 여전히 남아 있으므로, 돌발 사태에 잘 대응할 수 있게 특수 장비로 무장한 전문가들이 필요합니다.

그렇기 때문에 대재난이 발생하면 정치적 주권이나 종교적 문제에 저촉되지 않고 가장 효과적으로 피해를 최소화할 수 있도록 국제 사회가 함께 만든 긴급구호 대응책이 마련됩니다. 그것은 바로 유엔이 주도하는 긴급구호입니다.

재해국 정부가 유엔에 국제 사회의 지원을 공식적으로 요청하면 유엔은 즉시 인도적 지원 활동에 착수합니다.

먼저 유엔 사무총장이 임명한 긴급구호조정관ERC은 재난평가조정팀UNDAV에 신속한 상황 보고를 요청합니다.

재난평가조정팀은 현장구호조정본부OSOCC를 통해 긴급 현장 보고서를 신속히 작성합니다.

동시에 국제도시탐색구조자문단INSARAG은 세계 각 국가에서 투입될 긴급구호팀들이 안전하고 원활하게 활동하는데 필요한 가장 효과적인 지원 시스템을 준비합니다.

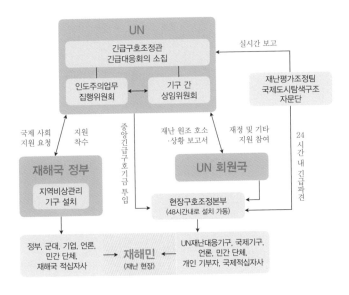

▲ 유엔을 중심으로 국제 사회가 인도적 지원 활동을 펼치는 과정.

긴급구호조정관은 현장 보고서를 기구 간 상임위원회와 공유하면서 대응책을 함께 마련하고, 중앙긴급구호기금을 활용해 당장 지원 가능한 물자와 인력을 현장에 투입합니다.

이때 추가 재정이 필요하면 유엔 총회에 지원을 요청합니다. 이후 193개 유엔 회원국은 사무총장의 요청에 따라서 재원 마련에 나섭니다.

한편, 재난 소식을 접한 전 세계 언론, 기업, NGO, 개인 기부자들은 직간접적인 방법으로 인도적 지원 활동에 참여하게 됩니다. 현장에서의 모든 지원 활동은 현장구호조정본부와 재해국 정부 지역비상관리기구가 함께 의논하면서 진행합니다.

이렇게 유엔을 중심으로 국제 사회의 인도적 지원 활동이 전개되어, 대형 재난으로 어려움에 처한 사람들에게 '힘내세요, 여러분은 혼자가 아닙니다.'라는 메시지가 전달됩니다.

팀앤팀은 재난 현장에서 가장 시급한 문제 중 하나인 식수 보건위생 전문 구호 단체입니다. 철저한 사전 조사를 통해 재난 현장에서 그 상황에 가장 적절한 해결책을 찾아 대응하고 있습니다. 예를 들면, 2004년 12월에 발생한 쓰나미로 피해를 당한 인도네시아에서는 빗물 저장 시설을 설치하였고, 에볼라 확산 위기에 처한 시에라리온에서는 2015년 초부터 에볼라치료센터에 지하수 개발과 정수기 보급 및 펌프 수리 작업을 했습니다. 2015년 5월에는 강진이 발생한 네팔의 한 산지 마을에서 7전여 명의 주민들에게 식수 정수 및 위생 개선 활동을 벌였고, 2016

년 4월, 진도 7.8 강진으로 초토화된 에콰도르에서는 지원 사각지대에 놓인 비공식 대피소에서 이재민을 대상으로 간이 화장실 설치, 가정용 물탱크 지원 활동을 했습니다. 그리고 난민촌의 식수를 책임지는 긴급구호를 유엔과 함께 오랫동안 수행하고 있습니다. 재난 현장에서 식수를 공급하는 일은 전염병 확산 방지를 위해 가장 시급한 긴급 활동 중 하나입니다.

3 ～～～ 인류의
양심을

보다

시에라리온
에볼라
구호 현장

아! 에볼라!

브뤼셀 공항을 떠나 시에라리온으로 가는 비행기가 중간 경유지 세네갈 다카Dakar 공항에 접근했을 때 기내 방송이 흘러 나왔다.

"승객 여러분께 알려 드립니다. 잠시 후 착륙하는 다카 공항에서 여러분을 모시고 온 기장을 비롯한 승무원은 새로운 팀으로 교체될 예정입니다. 교체되는 승무원들이 여러분을 다음 기착지 기니의 코나크리를 거쳐 시에라리온까지 모시게 될 것입니다. 번거롭게 해 드려서 죄송합니다."

이 공항에서 기장을 비롯한 모든 승무원들은 다시 벨기에로 돌아간다고 했다. 이러한 상황은 바다 쪽도 마찬가지여서, 시에라리온 화물을 실은 선박은 직접 입항하지 못하고 세네갈에 하역하고 돌아가면 허가를 받은 소수의 선박이 다카에서 프리타운까지 화물을 실어 나르고 있었다. 전 세계 모든 항구를 자유롭게 운항하는 선박의 특성상 에볼라 전파의 매체가 될 수 있다고 염려했기 때문이다.

함께 비행기에 타고 있던 승객의 대부분은 긴급구호에 투입된 구호 요원들이었는데, 새롭게 투입되는 요원도 있고 휴가를 마치고 복귀하는 사람들도 있었다. 워낙 어려운 지역이기에 많은 단체가 3주에 한 번 휴가를 갖고 재충전을 하면서 싸워 가고 있었다. 이들은 업무 중 에볼라에 감염되면 고국에 송환되지 않아도 좋다는 서약을 해야 하며, 심지어 죽었을 경우 시신을 현장에서 처리해도 좋다는 서류에 사인을 해야 했다. 모두들 자원해서 이 위험한 일에 참여하고 있었기에, 긴장되어 보이긴 했지만 담담한 모습에 결연한 의지가 엿보였다.

비행기 출발이 지연되자 사람들은 일어나서 허리 운동을 하거나 마실 것을 들고 대화를 나누며 긴장을 풀기 시작했다.

"어느 단체에서 일하세요?" "얼마나 오래되셨어요?" "어느 지역에서 일하시나요?" "현재 상황은 어떻습니까?"

모두들 서로 정보를 공유하느라 기내가 시끄러워졌다. 미국 질병관리본부에서 일한다는 삼십 대 초반의 여성이 처음 방문이라는 내 질문에 대답하였다.

"전 잠시 휴가 다녀오는 길이에요. 감염되는 사람이 점차 줄어들고 있지만 언제 다시 확산될지 몰라 긴장을 늦추지 못하고 있죠. 이제까지 몇 번 안정되었다고 긴장을 푸는 순간 순식간에 대량으로 새로운 환자들이 생기곤 했으니까요. 미국

▲ 프리타운 중심가에 에볼라 확산 방지를 촉구하는 대형 광고판이 설치되어 있다.

인류의 양심을 보다

질병관리본부에서도 아직 위기에서 벗어났다고는 여기지 않고 있고, 모든 재발의 위험 요소들을 예의 주시하고 있어요."

유럽 의료 구호 단체 '이머전시Emergency'에서 일한다는 이십 대 후반의 여성은 긴장된 표정을 숨기지 못한 채 말했다.

"전 이번이 첫 방문이에요. 오기 전에 충분한 교육을 받아 잘 준비돼 있다고 생각했는데, 막상 현장에 투입될 것이라 생각하니 긴장되네요. 아직 업무에 대한 세부 정보를 받지는 못했어요. 도착하면 상세한 오리엔테이션과 함께 구체적인 계획을 알려 준다고 하더군요."

나 역시 초행길로 아무런 배경지식이 없어서 더 이상 대화를 이어 갈 수가 없었다.

이곳 다카 공항에서 내리는 승객은 아무도 없었고, 비행기는 활주로에서 약간 벗어난 외곽에 대기한 채 승무원들만 부지런히 움직이고 있었다. 잠시 후 교대 승무원들이 오면서 인수인계로 기내가 분주한 가운데 나는 창밖을 내다보며 생각에 잠겼다.

'무엇이 삼십여 년 동안 이런 인생을 살도록 이끌어 오고 있는가?'

'아무도 강요하지 않고 어떤 보상도 지불하지 않는 이 길을 나는 왜 멈추지 못하는가?'

'이번 여행길에는 또 어떤 일들이 나를 기다리고 있을까?'

이제까지 걸어온 길과 비교할 수 없을 정도로 이려운 시산을 보내야 할 것 같은 예감이 들었다. 이런저런 생각에 잠겨 있는데, 어느덧 비행기는 활주로를 박차고 어두운 밤하늘을 향해 날아오르고 있었다.

이곳이 나의 마지막 땅일까?

2014년, 서부 아프리카의 기니, 시에라리온, 라이베리아는 치사율이 90퍼센트나 되는 '에볼라 바이러스' 공격으로 순식간에 국가 전체가 황폐화되었다. 시에라리온은 2014년 9월에 이어 2015년 3월 두 번째 국가 비상사태를 선포하고 사흘간 나라 전체를 폐쇄했다. 이 기간에 의료팀들이 전국의 모든 가정을 방문하여 감염이 의심되는 사람을 격리 수용했고, 검사를 방해하거나 거부하면 체포되었다. 전국의 모든 초중고등학교와 대학은 문을 닫은 상태여서 학생들은 방송으로 공부를 해야 했다.

걷잡을 수 없이 확산되는 에볼라는 서부 아프리카를 넘어 지구촌 전체를 위협하기 시작했다. 세계보건기구WHO는 이대로 가면 제2의 흑사병 같은 지구촌의 재앙이 될 수도 있다고 경고했다. 지구촌은 자국의 감염을 막기 위해 서부 아프리카와의 교류를 차단하고, 자국인이 그 지역에 들어가는 것과, 그 나라 사람이나 그곳을 방문한 사람이 자기 나라에 입국하는 것도 금지하였다. 서부 아프리카는 지구촌에서 철저히 격리되고 있었다.

시에라리온은 다른 아프리카 나라들처럼 대부분 부족 중심 마을로 이루어져 있다. 시골 마을에서는 전통적으로 사람이

인류의 양심을 보다

죽으면 물로 씻기며 문상 온 이웃들이 시신에 입을 맞추며 작별하는데, 이 풍습 탓에 피부 접촉으로 전염되는 에볼라가 급속도로 퍼졌다. 실제로 마을이 통째로 전염되어 몰살당한 곳이 한두 곳이 아니었다.

에볼라 발병 초기에는 미국이 영향력을 가지려고 에볼라가 실제인 양 주민들을 위협한다는 루머가 돌았고, 정부가 에볼라 위협을 과대 포장한다는 소문도 있었다. 때문에 에볼라의 실상을 알리기 위해 거리 곳곳에는 'Ebola is Real!(에볼라는 실제로 존재합니다!)'이라는 대형 포스터가 붙어 있었다. 또한 대부분의 환자가 병원으로 실려 가서 죽었기에 현대 의학에 대한 불신으로 환자를 숨기는 일도 비일비재했다. 병원에 온 환자들은 이미 돌이킬 수 없이 악화되어 들어오는 것인데, 이를 두고 병원에 가면 죽는다는 유언비어가 빠르게 전파되었다.

사람들은 어차피 병원에 가도 죽게 된다는 생각에, 병원보다는 주술사를 먼저 찾았다. 에볼라 역시 주술에 걸린 것으로 믿었기 때문이다. 초창기에는 많은 주술사들이 에볼라로 죽은 사람들 장례를 집전한 후 다른 지역을 다니며 환자를 돌보는 바람에 에볼라가 급속도로 확산되었다는 보고가 있었다. 실제로 기니 어느 지역의 주술사 십여 명이 에볼라 감염으로 한꺼번에 사망하기도 했다. 수백 년 동안 사람들의 영혼을 이끌어 온 주술사들은 주사기를 통해 악마가 병을 옮긴다는 유언비어를 퍼뜨려 의료진의 마을 진입을 막기도 했다. 여러 마을에 자경단이 세워지고 들어오는 외국 의료진을 사살하기까지 하여 구호 요원들이 치료를 포기하는 일도 생겼다.

2014년 에볼라의 진원지는 기니의 시골 마을이었다. 첫 환자에게 감염된 가족과 이웃들이 도시 밀집 지역을 오가면서 바이러스가 급속히 퍼졌다. 가뜩이나 열악한 서아프리카의 의료 환경에서 절반에 가까운 236명의 의료진이 사망하면서 의료 체계가 붕괴된 것도 위기를 키웠다. 라이베리아의 경우 인구 10만 명당 의사 수가 2.8명으로 세계에서 두 번째로 적고, 시에라리온은 전국에 겨우 백여 명의 의사가 있을 정도로 의료 상황이 열악했다. 지역 단위 보건소는 있지만 의료진은 물론 변변한 약도 없이 건물만 있다고 생각해야 할 정도였다. 전기는 아예 없고, 마을 단위 공동 우물이 있지만 건기엔 대부분 말라서 사용할 수 없었다. 이런 열악한 보건소조차도 밀림에 사는 많은 사람들은 하루 이상 걸어야 겨우 올 수 있었다.

에볼라는 1967년 독일 미생물학자 마버그에 의해 존재가 확인됐으며, 1976년 자이르(현 콩고민주공화국) 북부 작은 마을 얌부쿠에서 처음 발견되었다. 이 마을에 흐르는 강 이름이 '에볼라'인데, 당시 461명의 사망자가 발생했다고 한다. 에볼라는 3주간의 잠복기를 갖고, 발병 후 3주 동안은 고열, 오한, 근육통 등 일반적인 감기 증상을 보인다. 그리고 눈, 코, 입, 장기 등에서 출혈이 시작되고 혼수상태나 뇌출혈로 발전되어 사망에 이르는 경우가 일반적이다. 유력한 숙주는 아프리카 일부에서 식용으로 애용하는 과일박쥐로 의심되는데, 그 배설물에 오염된 동물을 잡아먹거나 환자와 접촉하면서 감염 경로가 확대되었다고 추정하고 있다.

미국은 에볼라 환자를 치료하던 자국 의료진들이 감염되

어 사망하자 '평화봉사단'까지 즉시 철수하도록 했다. 심지어
는 이들이 미국으로 돌아오지 말고 제3국에서 확실하게 회복
된 후 귀국해야 한다는 여론까지 있었다. 한국 정부도 예외가
아니어서, 서부 아프리카를 여행 금지 국가로 지정하고 선교
사들과 자원봉사자들을 급히 철수시켰다. 서부 아프리카에서
사업을 하는 외국 회사들은 모든 장비를 그대로 둔 채 앞다투
어 떠났다. 시에라리온의 코노Kono 지역에는 다이아몬드를 비
롯한 각종 지하자원이 많아 다양한 외국계 회사들이 있었다.
하지만 공교롭게도 이 지역이 에볼라 피해를 심하게 받은 지
역 중 하나였기에 외국계 광산 회사들은 더 이상 사업을 지속
할 수가 없었다.

아무도 서부 아프리카로 여행하려 하지 않았고, 그곳에서

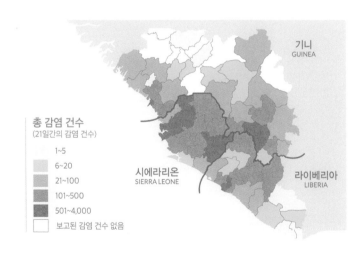

▲ 세계보건기구가 파악한 시에라리온, 기니, 라이베리아의 에볼라 발병 현황(2014년).

나오는 사람은 누구든 3주간 격리되어 감염 여부를 확인한 후
에야 정상 생활이 허락되었다. 심지어 르완다 정부는 라이베
리아, 시에라리온, 기니에서 탑승한 승객이 키갈리^{Kigali} 공항을
경유하는 것조차 허락하지 않았다. 서부 아프리카는 들어가는
것도 어려웠지만 나오는 것은 더 어려운 땅이 되어 버렸다.

그러나 이렇게 엄격한 차단에도 불구하고 에볼라는 '피어
볼라^{FearBola}'라는 애칭(?)까지 얻으며 전 세계를 두려움에 떨게
하고 있었다. 무엇보다 무서운 것은 치료약이 없으며 환자의
체액, 혈액 및 정액을 통해 감염되고 치사율이 높다는 것이었
다. 초기 에볼라 긴급구호는 전적으로 국제 구호 단체와 유엔
이 주도하였는데, 세계 각지에서 수백 개의 의료 구호 단체들
이 달려와 최선을 다해 사투를 벌이고 있었다. 팀앤팀 역시 긴
급구호팀을 파견하기로 결정하고 구체적인 준비를 위해 서아
프리카에 첫발을 내디디고 있었다. 전염병에 대한 긴급구호
경험이 없는 우리에게 에볼라는 처음부터 강력한 도전이었다.

비행기가 프리타운을 향해 서서히 하강을 시작하고 도시의
불빛이 갈수록 선명하게 보이면서 마음속에 하나의 질문이
떠오르고 있었다.

'이곳이 나의 마지막 땅은 아닐까?'

협력만이 살길

시에라리온 룽기^{Lungi} 국제공항은 삼엄한 비상경계 속에 모든

인류의 양심을 보다

직원이 흰 가운과 마스크를 착용하고 입국자들을 맞이하고 있었다. 공항 전체가 마치 공포 영화에서나 볼 수 있는 죽음의 도시처럼 극도의 긴장 속에 묻혀 있었다. 입국 심사를 위해 줄 서 있는 사람들 역시 무거운 분위기에 압도된 채 침묵 속에 한 명씩 심사대를 향해 전진하고 있었다. 심사대 옆에는 흰 가운과 마스크를 착용한 사람이 지문을 채취하는 장치 옆에 서서, 한 사람이 끝나면 손이 닿은 유리 표면을 즉시 소독제로 닦아 혹시라도 다음 사람에게 에볼라가 전염되지 않도록 하고 있었다.

입국 심사대를 통과하자 역시 삼엄한 경비 속에 건강 상태를 상세히 적는 용지가 주어졌다. 그러고는 한 명씩 체온을 측정하는 긴 줄이 다시 기다리고 있었다. 후텁지근한 날씨에 높은 습도는 온몸을 땀으로 적셨지만, 아무도 불평하지 않고 마치 도살장에 끌려가는 순한 양처럼 말없이 한 발 한 발 나아가고 있었다. 사람들은 피부가 닿기만 해도 에볼라에 감염될세라 서로 몸이 부딪히지 않기 위해 극도로 조심했다. 정부에서 어떤 이유로도 서로 피부가 접촉되지 않도록 지속적으로 교육하고 있었고, 특히 악수는 모두에게 기피의 대상이었다. 에볼라는 피부 접촉으로 반가움을 표현하는 아프리카의 좋은 문화 자체를 바꾸어 놓았다.

건강 심사까지 마치고 짐 찾는 곳으로 나오자 온갖 사람들이 몰려왔다. 짐을 옮겨 준다며 가방을 빼앗아 가려 했고, 환전을 해 주겠다고 조르면서 긴 여행과 더위에 지친 사람들을 힘들게 했다. 이들과 씨름을 하며 겨우 공항을 빠져나오자, 이번에는 열 배나 많은 사람들이 벌떼같이 달려들어 짐을 빼앗아 가려고 했다. 당황해 머뭇거리고 있는 사이 한 사람이 다가왔다.

"팀앤팀에서 오셨지요? 연락을 받고 기다리고 있었습니다. 저는 씨새이Sesay라고 합니다. 짐을 주세요. 여기에서 배를 타고 가셔야 합니다."

그때 마침 전화벨이 울렸다.

"그레이스입니다. 잘 나오셨어요? 시에라리온에 오신 것을 환영합니다. 제 친구 씨새이를 보냈는데, 만나셨지요? 거기서 배를 타고 다시 사십 분 정도 오셔야 프리타운에 도착합니다. 저희는 이곳 프리타운 선착장에서 기다리고 있습니다."

나이로비를 떠나는 날 팀앤팀 케냐 사무소에서 프리타운에 이미 호텔을 예약했고, 협력이 가능한 현지 NGO를 찾아 우리 일정에 도움을 주도록 준비해 놓았었다. 그레이스 부부는 현지 구호 단체 대표로, 나를 호텔로 데려가기 위해 프리타운 선착장에서 기다리면서 내가 당황할까 염려되어 전화를 한 것이다. 공항에서 프리타운 시내로 가려면 버스로 10분 정도 선착장까지 가서, 20인승 작은 보트를 타고 40분 거리의 항구 반대편으로 가야 한다. 지금 눈앞에서 벌어지는 이 난장판은 보트 회사들이 승객들을 서로 자기 배에 태우려고 경쟁하고 있는 상황이었다.

프리타운 선착장에서 반갑게 만난 그레이스 부부는 나를 케냐 사무실에서 예약한 라이트 하우스 호텔로 데리고 갔다. 하지만 프런트에서는 이미 다른 사람에게 방을 주어 빈방이

인류의 양심을 보다

없다고 했다. 예약증을 보여 주어도 소용이 없었다. 아마 더 비싸게 주는 손님에게 방을 준 것 같았다. 무질서한 시에라리온의 모습을 도착하는 공항에서 경험하긴 했으나, 이 한밤중에 숙소조차 잡을 수 없는 상황은 정말 난감했다. 이들의 신의 없는 태도에 마음이 몹시 불편하긴 했지만, 일단 숙소를 잡는 것이 급했다.

"다른 호텔에 빈방이 있는지 알아볼 수는 없겠습니까?"

이들도 미안한 마음이 들었는지 몇몇 호텔에 전화를 걸어 숙소를 알아보기 시작했다.

"패밀리 킹덤 호텔로 가시면 방을 줄 겁니다."

나중에야 알았지만, 프리타운의 대부분 호텔은 유엔과 수많은 구호 단체에서 투입되는 긴급구호 요원들로 가득해서 빈방이 거의 없었다. 먼저 와서 더 비싸게 주겠다는 손님이면 예약과 상관없이 방을 내주는 상황이었다.

우여곡절 끝에 겨우 도착한 호텔은 흡사 유엔과 구호 단체들의 현장 캠프 같았는데, 마치 최전선 야전군 사령부 막사처럼 모두들 분주히 움직이고 있었다. 컴퓨터에 매달려 씨름하는 사람, 전화기를 붙들고 본부로부터 필요한 자금을 지원받으려 애쓰는 사람들의 긴장되고 절박한 모습이 현재 시에라리온의 모습을 그대로 보여 주고 있었다. 옆에 있는 마마 유코 호텔 로비 구석구석에서는 항상 적게는 서너 명, 많게는 예닐곱 명의 여러 무리들이 머리를 맞대고 회의에 몰두해 있었다. 순간순간 변하는 위급한 현장 상황에 대처하기 위해 모든 단체들이 전심을 다하고 있었다. 그리고 우리도 어느새 에볼라와 싸우는 전 세계 구호 단체들의 연합 전선 한복판에 뛰어들어 와 있었다.

프리타운의 대부분 호텔은 몇 개월 전까지도 손님이 없어서 문을 닫아야 할 정도였다고 한다.

"이 큰 호텔에 손님이 겨우 여섯 명 있었어요."

육십 대로 보이는 몸집 큰 레바논 출신 사장이 힘들었던 당시를 회상하며 말했다.

"에볼라가 확산되자 광산 회사들이 차들을 맡겨 놓고 도망치듯 모두 떠나 버렸어요."

호텔 주차장에는 내부에 프린터를 비롯한 온갖 사무기기가 가득 실린 채 먼지를 뒤집어쓴 사륜구동 자동차들이 줄지어 서 있었다. 외국계 회사들이 장기 주차비만 지불한 채 맡겨 놓고 떠난 차량들이었다. 순식간에 국가 경제는 파탄이 났고, 국민들이 세금을 내지 못하면서 나라 살림은 깊은 바닥으로 떨어졌다. 에볼라는 질병으로 목숨을 빼앗아 가는 한편, 사회 전체의 생존 자체를 위태롭게 하면서 서아프리카를 넘어 지구촌을 위협하고 있었다.

프리타운에 있는 상점은 주중에 오후 2시까지만 영업이 가능하며, 토요일은 12시에 문을 닫아야 했고 일요일은 아예 모든 상점이 문을 닫도록 대통령령으로 단속하고 있었다. 호텔 가까이에 농산물 시장 같은 노점상 거리가 있었는데, 단속 시간이 되면 경찰들이 마치 시위대를 해산시키듯 거리에 가득한 사람들을 집으로 돌아가게 했다. 해변가에조차 사람들이 모이지 못하도록 정부가 할 수 있는 모든 조치를 다 하고 있었다.

거리 곳곳의 길목에서는 행인들의 체온을 점검하였고, 자동차에 탄 사람들도 길을 지나려면 차에서 내려 체온을 측정하고 손을 소독제 아니면 비누와 물로 씻어야 통과할 수 있었다. 모든 공공건물과 상점 입구에는 손을 씻을 수 있도록 물과 비누가 구비되었고, 체온을 측정하는 부스가 설치되어 엄격하게 관리되고 있었다. 정부는 교회와 모스크에 예배를 위해 모이는 것을 제한했고, 해마다 크리스마스에 벌이던 거리축제도 금지하였다. 초창기엔 거부감을 가지고 있던 사람들의 유언비어로 많은 혼란이 있었지만, 점차 모두 협력해 가고 있었다.

긴급구호를 위해 몰려온 수많은 구호 단체와 유엔 기구들은 서로 머리를 맞대고 위기를 극복하기 위해 최선의 협력 체계를 구축하고 있었다. 물자 지원과 수송은 세계식량계획^{WFP}에서 주관하였는데, 매주 화요일 각 구호 단체 물자 지원 책임자들이 모여 사업 진행을 보고하며 정보를 공유했다. 세계식량계획은 구호 단체의 물자들을 자체 창고에 안전하게 보관해 주고, 필요하면 중장비까지 동원하여 컨테이너 수송을 지원했다. 또 긴급구호 요원들을 국내 어디든 현장까지 헬기로 수송해 주었으며, 이웃 나라 라이베리아, 가나, 세네갈까지 비행기를 운항하고 있었다. 세계식량계획에 등록된 구호 단체 요원들은 인터넷으로 간단한 신청 서류를 보내면 무상으로 이용할 수 있었는데, 덕분에 우리 팀도 요긴하게 사용하곤 하였다. 한번은 프리타운에서 250킬로미터 떨어진 마케니

Makeni 현장에 있던 우리 팀 두 명을 위해 헬기를 보내 준 적도 있었다. 또한 염소 소독제도 모든 단체에 무제한 제공하여 일하는 데 어려움이 없도록 해 주었고, 집중 우기인 7월부터 9월에는 빗물로 도로가 차단되는 지역에 대한 정보가 기입된 지도를 원하는 구호 단체에 지원해 사고를 예방할 수 있도록 돕기도 하였다.

수자원 분야는 시에라리온 수자원부와 유니세프에서 주관하였는데, 매주 목요일에 모여 전국 구호 현장에서 일어나는 식수 관련 상황을 브리핑하면서 각 단체가 더 효과적으로 일할 수 있도록 지속적으로 도와주었다. 통상 삼사십여 개의 단체가 참여해 어떻게 서로 협력하며 이 위기를 돌파할지를 의논하곤 했다.

의료와 보건 위생 분야는 보건사회부와 세계보건기구가 역시 해당 구호 단체들과 매주 모임을 갖고 효과적인 대응책을 만들어 갔다.

계획을 바꾸어 놓은 수자원부와의 만남

도착 후 사흘이 되는 날, 우리는 수자원부의 고위 관리인 사무엘 고바Samuel Goba 국장을 방문했다. 고바 국장은 수도 프리타운을 제외한 전국의 식수 계통을 책임지고 있었는데, 시에라리온의 전반적인 식수 공급 현황을 알기 위해 그를 찾은 것이었다. 첫인상이 좋아 사람을 편안하게 해 주는 고바 국장은 토목을 전공한 사십 대 후반의 풍채가 좋은 친구였다. 우리가 팀앤팀 소개 자료를 보여 주며 케냐에서 하고 있는 일들을 소개하자 그는 의자에서 일어날 정도로 흥분하며 반색을 했다.

"지금 우리에게 가장 절실한 단체가 바로 팀앤팀입니다. 전국에 3만 개가 넘는 우물이 있지만 대부분 망가져서 식수 공급이 제대로 되지 않고 있습니다. 주민들의 고통은 말로 다 할 수 없지요. 특히 이번 에볼라 사태로 많은 의료 단체가 들어왔는데, 정작 이들이 일하는 병원이나 보건소에는 식수 공급 시설이 없어 의료진과 환자들 모두 심각한 어려움을 겪고 있습니다."

재난이 발생하면 식수 공급이 언제나 문제의 핵심에 있게 된다. 전쟁, 지진, 광범위한 전염병 등 어떤 종류의 재난이든 사람들은 그동안 자신들의 삶을 지탱해 준 보금자리를 떠나거나, 부서진 환경을 새롭게 건설해야 할 정도로 기반을 상실하고 만다. 재난으로 인한 가장 큰 어려움은 당장 거처할 집, 전기, 음식과 식수를 안정적으로 공급받을 수 없게 되는 것이다. 특히 전쟁이 일어나면 생존에 직결되는 전기와 식수 공급 시설부터 적군에 의해 파괴되어 버린다. 그것이 가장 빠른 시간에 상대를 항복하게 만드는 지름길이기 때문이다.

음식이나 약품은 공급이 가능하지만 식수를 안정적으로 공급하는 것은 쉬운 일이 아니다. 예전에 사막 지역에서 구호 활동을 할 때에도 주민들이 많이 호소했던 어려움은 어디서나 식수였다. 음식 없이는 3주, 식수가 없다면 3일, 공기가 없으면 3분을 견딜 수 없다는 말처럼, 물이 공급되지 않으면 아이들을 비롯한 노약자들부터 차례차례 희생되기 시작한다.

이곳 시에라리온 상황 역시 다르지 않았다. 유엔과 구호 단체들이 막대한 구호 기금을 가지고 들어와 식량 공급과 보건 위생에 대한 지원은 그런대로 이루어지고 있었다. 그러나 절대적으로 부족한 물 공급 차량 때문에 구호를 계획대로 진행할 수가 없었다. 우리가 일하던 서북부 지역 전체에 10톤 용량의 식수 공급 차량이 두 대 있는데, 모든 단체들이 경쟁적으로 사용하면서 두 대가 모두 정비할 틈이 없어 결국 고장으로 수리 중이었다. 깨끗한 식수 없이는 청결 상태를 유지할 수가 없기에 환자들을 돌보는 의료 구호 단체들의 긴급구호가 치명적인 어려움에 봉착해 있었다. 이 문제는 재정이 있다고 당장 해결할 수 있는 것이 아니었기에 우리에게 긴급 SOS를 치게 된 것이다.

시에라리온은 1년에 5개월간 비가 내리는 나라여서 지하에 깨끗한 물이 많아, 예전 우리나라 시골 어디에나 있던 공동 우물이 마을마다 있다. 전국에 공식적으로 3만 개 이상, 비공식적으로는 4만 개에 가까운 우물이 있다고 하며, 알칼리 성분이 약간 높은 것 외에는 식수에 적합한 좋은 수질을 보여 주었다. 우리나라 시골 우물과 다른 점은, 모든 우물에 콘크리트 덮개가 있고 그 위에 수동 펌프가 설치되어 있다는 것인데, 이는 오랜 내전을 겪으면서 반군들이 쉽게 우물을 파괴하거나 오염시키지 못하도록 보건사회부에서 만들어 놓은 법 때문이라고 하였다. 고바 국장은 우물의 상황에 대해 이렇게 설명했다.

"대부분 우물이 이삼십 년 전에 만들어졌는데, 그동안 거의 보수를 하지 못해 40퍼센트 정도는 펌프가 고장 나거나 내부 벽이 무너져 우물 기능을 못하고 있습니다. 이러한 열악한 여건이 에볼라가 퍼지게 된 주원인 중 하나이기도 하죠. 긴급 보수가 절실합니다."

격리된 마을에 우물이 살아 있으면 괜찮지만, 펌프가 고장 나 있거나 우물이 망가진 마을은 에볼라를 떠나서 식수 문제 만으로도 주민 모두에게 심각한 생존의 위협이 된다. 고바 국장은 이어서 말했다.

"전국에 40여 개의 에볼라 치료 중점 병원에 트럭으로 물을 공급하고 있는데, 물 수송 차량의 절대 부족으로 하루하루 전쟁을 치르고 있습니다. 의료진이 에볼라 보호 장비를 착용하면 내부 온도가 40도를 넘어 한 시간을 견디는 것도 어렵습니다. 그런데 이들에게 깨끗한 물조차 충분히 공급하지 못하니 얼마나 힘이 들겠습니까?"

구호 단체들은 전국에 있는 40여 개의 에볼라 중점 병원을 중심으로 전국 보건소를 돌보며 일하고 있었다. 정부는 환자의 상태에 따라 몇 종류로 분리해서 돌보고 있었는데, 일단 감염이 의심되면 격리 병원Ebola Holding Center으로 보내지며, 환자가 살던 집은 철저히 소독되고 가족은 물론 환자와 접촉한 모든 주민들 역시 검사를 받고 집중 관찰 대상이 된다. 그리고 즉시 마을에 군인들이 파견되어 21일간 아무도 떠나지 못하고 들어가지도 못하도록 격리된다.

격리 병원에서 환자가 에볼라 감염으로 확정되면, 치료 병원Ebola Treatment Unit으로 이송하여 본격적인 치료를 받게 된다. 그리고 환자 이송에 사용된 모든 차량과 기구들은 강력한 염소

▲ 이탈리아 NGO '이머전시Emergency' 대원들이 에볼라 감염 의심 환자를 격리 병원으로 이송 중이다.

인류의 양심을 보다

소독 물로 세척하는 시설로 보내진다.

환자가 치료 병원에서 다행히 완치되면 21일간 관찰하면서 재발 여부를 살펴보는, 치료 후 관찰 센터Ebola Observatory Care Center로 보내진다. 하지만 불행히도 죽게 되면, 시신을 운구하는 전용 차량을 이용해서 매장지로 보내진다.

고바 국장은 40개(수도 프리타운 14개, 지방 26개) 중점 병원 리스트를 보여 주면서, 이들 병원에 하루라도 빨리 지하수를 개발해야 한다고 강조했다.

고바 국장과의 만남은 며칠 후 떠나기로 되어 있던 계획을 취소하게 만들었다. 이번 현장 조사는 긴급구호를 준비하기 위한 것인데, 에볼라 치료 병원과 감염으로 격리된 마을에 당장 식수 개발이 절실함을 알게 되었기 때문이다.

우리는 많은 장비가 갖추어져야 일을 할 수 있기에, 새로운 나라에서 시작하려면 최소한 2년 내지 3년 전부터 준비를 해야 한다. 먼저 그 나라의 지질 구조를 면밀하게 조사해 적합한 시추 장비를 구입해야 하고, 그 나라 정부에 국제 구호 단체로 등록이 되어야 한다. 통상 이러한 과정에만 1년 이상이 걸리며, 장비를 구입하고 베이스로 사용할 장소를 물색하고 계약을 하는 데 필요한 수억 원의 재정이 마련되어야 한다. 그리고 최소한 한 해 동안 필요한 운영 자금과 전문팀이 준비된 후에야 본격적으로 시작할 수 있다. 그러나 이것 또한 정치 사회적으로 안정된 나라에서의 이야기이지, 재난이나 전쟁이 발발한 경우에는 상황이 달라질 수밖에 없다.

비상시국에 처한 나라에 장비와 물자를 수송하려면 예측할 수 없는 많은 변수를 고려해야 한다. 정상적인 시스템이 무너진 사회에서는 예측하기 힘든 수많은 문제가 혼란 속에 일어난다. 당시 긴급구호를 위해 외국에서 컨테이너로 필요한 물자를 들여오는 데에는 평상시보다 세 배 이상의 기간이 필요했고, 그나마 정상적인 운송 시스템이 작동하지 않았다. 자동차를 새로 구입하는 데에만 3개월 이상이 필요해서 당장 시급한 긴급구호에 대처할 수가 없었다. 이런저런 이유로 대부분 유엔과 구호 단체들은 필요한 자동차를 현지에서 장기 렌트해서 일하고 있었다. 때로는 재난이 원인이 되어 쿠데타로 정부가 전복되는 것도 염두에 두어야 했다. 긴급 구호가 시작되면서 유엔과 국제 구호 단체 소속 요원들은 즉시 고국으로 가족들을 철수시켜야 했고, 언제든 정치적인 비상사태가 발생하면 바로 대피할 준비를 하고 있었다.

우리는 긴급구호가 종료되어도 향후 5년 동안 전국의 열악한 식수 공급 시스템을 빠르게 개선해야 한다는 생각으로 즉시 서울과 나이로비 사무실에 구체적인 준비를 요청했다. 당장 구호 작업에 필요한 굴착 장비와 물자들이 컨테이너를 통해 들어와야 했다. 서울에 있는 팀앤팀 국제 본부는 2015년 한 해 동안 긴급히 필요한 자금을 준비하고, 나이로비 사무실은 보유한 굴착 장비 중 한 대와 필요한 물자들을 컨테이너로 보내는 작업을 시작하였다. 감사하게도 에볼라 위험 지역임에도 케냐 팀앤팀에서 긴급구호에 필요한 인력들이 적극 자원하면서 일사천리로 진행되었다. 시에라리온 현장에서도 사무실을 구하고 정부에 등록하는 일들이 본격적으로 시작되었다.

인류의 양심을 보다

언어 학원으로 유명한 시원스쿨의 이시원 대표가 즉시 2억 원의 큰 재정을 보내 주었고, 선박 수리를 하는 부산의 선진엔텍 역시 한 해 동안 많은 재정을 꾸준히 후원을 해 주었다. 그리고 무엇보다 중요한 시추 장비는 삼성엔지니어링 임직원들의 자발적인 후원금으로 지원되었다.

고바 국장은 보건사회부 차관을 만나 더 상세한 에볼라 상황을 들을 수 있도록 해 주었고, 수자원부 장관을 만나도록 자리를 만들었다. 장관은 팀앤팀과 수자원부가 즉시 협약을 맺도록 관계 부처에 지시하고, 우리가 일하는 데 필요한 모든 지원을 아끼지 않겠다고 약속했다. 그리고 마침내 수자원부와 팀앤팀은 식수 보건 위생 분야에 포괄적으로 협력하는 양해각서MOU를 체결하고 본격적인 에볼라 긴급구호를 시작했다.

▲ 시에라리온 수자원부 장관이 식수 보건 위생 분야에 포괄적으로 협력하는 협약서에 서명하고 있다. 이후 팀앤팀은 본격적으로 에볼라 긴급구호를 시작했다.

부패와의 전쟁

시에라리온은 서쪽으로 대서양과 접하고 있는, 402킬로미터에 이르는 아름다운 해안선을 자랑한다. 수도 프리타운은 세계에서 두 번째 큰 천연 항구를 중심으로 세워진 도시여서, 열대의 뜨거운 온도와 해양성 기후의 높은 습도에 처음 방문하는 사람들은 적응하기가 쉽지 않은 곳이다. 한국 음식이 부족해서이기도 하지만, 잠시만 몸을 움직여도 온몸이 땀으로 젖는 바람에 처음 3개월 동안 나는 체중이 12킬로그램이나 줄었다. 에볼라 환자들을 치료하는 병원에서 일하는 의료진들은 특수복을 입어야 하는데, 내부 온도가 너무 높아서 정말 힘들다고 했다.

에볼라와 같은 초대형 재난이 발생하면 국가의 정상적인 업무가 마비되어 온 사회가 극심한 혼란에 빠진다. 긴급구호를 위해 외국에서 들어오는 수많은 장비와 물자들이 항구에 산처럼 쌓인 채 애타게 수속을 기다리는 모습은 대부분의 재난 현장에서 흔하게 볼 수 있는 일이다. 그런데 상황이 아무리 긴박해도 타락한 정부 관리들은 자신들에게 혜택이 주어지지 않으면 움직이지 않는 경우가 부지기수다. 인도네시아에서, 아이티에서, 네팔에서 많은 단체들이 제대로 된 활동 한 번 못하고 화물들을 부두에 버려둔 채 떠나야 했다는 보고가 긴급구호 현장의 안타까운 이야기로 전해지고 있다.

십여 년 전 우리도 캐나다에서 남수단에 긴급 지원하는 40피트 컨테이너 두 개를 중간 기착지 케냐에서 찾지 못했던 기억이 있다. 컨테이너 한 개는 주민들에게 나누어 줄 나이키 운동화 박스로 가득했고, 또 하나는 건조 식량이었는데 끝내 포기해야 했다. 친분 있는 국회의원과 장관들까지 나서 도와주려 했지만 불가능한 일이었다.

핸디캡 인터내셔널Handicap International은 에볼라 환자 이송에 사용된 모든 단체의 자동차를 소독하는 업무를 맡고 있었는데, 어느 날 경비 책임자가 값비싼 물자들을 밤새 모조리 빼돌려 사라지고 말았다. 우리와 친했던 보급 책임자 파라드Farad는 동유럽에서 온 친구였는데, 쓸쓸한 얼굴로 "시에라리온에 있는 모든 국제 구호 단체가 매일 겪는 문제예요."라고 말했다. 현지인들에게 당신들 나라를 도우려 들어왔는데 어떻게 이럴 수 있느냐고 물었더니 너무나 당연하다는 듯 이렇게 대답하였다.

"상황이 끝나고 외국 단체들이 모두 떠나면, 우리는 여전히 가난한 삶을 평생 살아야 합니다. 이번 한 번으로 인생을 통째로 바꿀 수 있다면, 누가 이 절호의 기회를 포기할 수 있겠습니까?"

부패한 정부

에볼라가 한 나라에 국한되지 않고 전 세계를 위협하기 시작하자 마침내 유엔은 2014년 9월 19일, 산하에 '유엔에볼라사업단'을 발족하고 유엔 차원의 조직적인 대응을 시작했다. 유엔에볼라사업단의 기본 방침은 해당 국가가 주도권을 가지고 일하도록 지원하는 것이었다. 시에라리온 정부는 '국립에볼라대응센터'를 중심으로 긴급구호 전반을 이끌고, '지역에 볼라대응센터'를 통해 현장 활동을 통솔해 나갔다. 국립에볼라대응센터 요원들은 유엔과 구호 단체들의 각종 모임에 빠짐없이 들어와, 실시간으로 진행되는 국내외의 전반적인 에볼라 관련 상황을 브리핑하면서 구호 활동을 도왔다. 유엔에볼라사업단과 국립에볼라대응센터는 프리타운 중심부에 있는 특수 법원 부지에 사무실을 함께 설치하고, 서로 긴밀하게 협조하면서 긴급구호를 이끌어 가고 있었다. 국립에볼라대응센터는 또한 외국에서 들어온 단체의 등록, 노동 허가서, 통관 등의 업무를 지원하기도 했다.

그런데 문제는 이들 역시 부패의 그늘에서 자유롭지 않았다는 것이다. 국립에볼라대응센터의 초대 책임자는 대통령의 친구인 군부 지도자가 맡았는데, 그는 막대한 자금을 횡령하고 감옥에 갔다. 유엔과 구호 단체들은 에볼라와 목숨을 건 전쟁을 하는 한편 심각한 부패와의 또 다른 전쟁을 해야만 했다. 정부에는 '부패 방지 부서'가 있었는데 사람들은 이들이 가장 부패한 집단이라고 놀리곤 했다. 어느 날 친하게 지내던 유니세프 고위 관리가 사석에서 걱정스럽게 말했다.

"전 세계에서 천문학적인 구호 기금이 들어왔지만 절반 이상이 영수증도 없이 사라졌어요. 얼마 전 국제 감사팀이 들어와 수개월간 면밀하게 재정 감사를 하고 보고서를 대통령에게 제출했어요. 아마 곧 여러 부서에서 난리가 날 겁니다."

하지만 국제 사회가 피부로 느낄 수 있을 정도의 변화는 끝내 일어나지 않았다. 국립에볼라대응센터 책임자를 처벌하는

인류의 양심을 보다

것으로 대충 마무리를 하는 듯한 모양새였다.

2016년 초 공식적으로 시에라리온 에볼라 긴급구호가 종료되자, 장기적으로 일하는 수자원 분야 단체들이 전국에 있는 3천여 개 학교에 물을 공급하는 '학교 식수 공급' 프로젝트를 시작했다. 에볼라 같은 전염병의 재발을 방지하기 위한 것이었는데, 막대한 재정과 함께 유엔 및 십여 개의 구호 단체들이 참여하였다.

정부에서는 교육부와 수자원부, 보건사회부가 책임을 지고 많은 국제 구호 단체들이 현장에서 작업을 수행하도록 했지만, 1년이 지나도록 아무런 진전이 없었다. 이 프로젝트를 위해 매주 정부와 구호 단체들이 모이는 회의가 있었는데, 책정된 자금이 지출되지 않아서 서로 간에 불편한 대화만 오갔다.

나중에 친한 수자원부 관리에게 확인해 보니 교육부, 보건사회부, 수자원부가 서로 주도권을 잡기 위해 싸우느라 아예 시작도 못하고 있다고 했다. 재정을 어디에서 맡는가에 따라 부처가 받을 혜택의 규모가 달라지니 결사적으로 싸우는 게 당연했다. 회의 중에 이 프로젝트에 자금을 지원한 단체 지도자들이 목소리를 높이며 정부 대표로 참석한 관리를 다그쳤다.

"도대체 우리가 지원한 재정은 어디로 갔기에 돈이 없다는 소리만 반복하고 있는 겁니까?"

어쩔 줄 모르며 난감해하던 관리는 이렇게 대답했다.

"저 역시 답답하고 한심해서 못 견딜 지경입니다. 부서 간 다툼을 해결하려고 대통령이 장관들을 불러 회의를 했지만 여전히 해결책을 찾지 못했다고 합니다."

과연 이 난감한 문제를 어떻게 극복할 수 있을지 영원한 숙제와 같았다. 결국 팀앤팀은 이 모임에서 나와 한국 정부에서 요청한 프로젝트에 집중하기로 했다. 그 후, 또 한 해가 지났지만 여전히 아무런 진전이 없다.

언제나 가장 고통받는 건 아이들

서아프리카에 에볼라가 퍼지면서 전국의 보건소는 에볼라 환자를 치료하는 곳으로 바뀌었고, 그 과정에서 많은 사람이 희생되면서 가슴 아픈 일들이 일어났다. 통상 부모가 에볼라로 격리되면 환자와 접촉한 가족들 모두 정밀 검사를 받아야 하고, 음성으로 판정되어도 21일간 격리된 상태에서 관찰하는 마지막 과정을 갖게 된다. 자연히 감염된 부모를 따라온 많은 아이들이 보건소에 와서 검사를 받게 되는데, 음성 판정을 받아도 마당에 매트리스 한 장만 주어진 채 방치될 뿐이었다. 집에 가도 아이들을 돌보아 줄 사람이 없는 경우가 대부분이고 집까지 데려다줄 교통수단조차 없기 때문이었다.

마당 여기저기에는 많은 아이들이 매트리스 하나만 가진 채 쓰러져 있었는데, 대부분 부모가 이곳에 격리되어 있거나 이미 사망해 졸지에 고아가 되어 버린 아이들이었다.

엄마가 에볼라로 이미 2주 전에 사망한 열네 살 아브라함도 미열이 있는 채로 보건소 마당에 여러 날 방치되어 있었다. 간신히 구호 단체 차량을 타고 부족에게 돌아갈 수 있었

▴ 보건소 마당에 방치된 아이들. 모든 재난에서 가장 고통받는 건 언제나 아이들이다.

지만, 그동안 엄마가 죽었다는 사실을 알지 못하고 기다리던 아브라함은 엄마도 없이 집으로 가는 길이 이해가 되지 않았다. 동네에는 십여 명의 친척이 기다리고 있었고, 삼촌이 조심스럽게 다가와 이야기했다.

"엄마는 2주 전에 돌아가셨단다. 이젠 우리가 너를 보살펴 줄게."

아브라함은 아무 말도 못한 채 땅바닥에 주저앉아 울기 시작했다. 아빠가 어릴 때 돌아가셔서 엄마와 단둘이 살아온 아브라함에게는 엄마가 세상의 전부였다. 삼촌은 이미 동네에서 부모가 숨진 세 명의 에볼라 고아를 돌보고 있었지만, 그냥 두면 죽을 수밖에 없는 조카를 또 보살펴야 했다.

에볼라가 시작된 2014년에 정부는 긴급 조치를 발동하고 아무도 집 밖으로 나오지 못하도록 했기에 논밭에 파종을 할

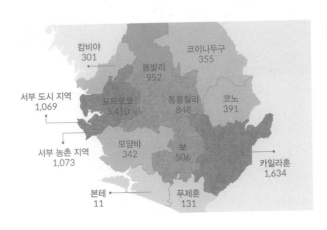

▲ 영국 NGO '스트리트 차일드Street Child'에서 파악한 에볼라로 인한 시에라리온 고아 발생 현황.

인류의 양심을 보다

수 없었다. 당연히 수확할 농작물이 없다 보니, 심각한 식량난으로 인해 아사자가 속출하였으며 대부분 아이들이 먼저 희생되었다. 2014년 말, 세계식량계획과 유엔식량농업기구는 서아프리카 에볼라 발병 3국에서 100만 명 이상이 심각한 식량난을 겪게 될 것이라고 경고하였다. 에볼라를 이겨 낸 이들이 굶주림이라는 또 다른 난관을 어떻게 극복할 수 있을지 막막해 보이는 상황이었다.

시에라리온, 기니, 라이베리아 구석구석에는 이렇게 에볼라 감염으로 부모를 잃어버린 고아들이 수만 명이나 된다. 극소수의 아이들은 친척의 보살핌을 받지만, 대부분 에볼라 전염을 두려워한 동네 사람들의 기피로 인해 버려진 채 기아와 질병으로 생을 마감한다.

2014년 8월, 열 살 된 사내아이 사아Saah 는 라이베리아 해변에서 벌거벗은 시체로 발견되어 세상을 아프게 했다. 오랫동안 방황하던 모습으로 죽은 사아는 엄마를 에볼라로 먼저 보내고 형과 함께 고아로 세상에 버려졌다. 그런데 얼마 후, 형 또한 에볼라로 죽고 홀로 길거리를 전전하며 살던 사아 역시 몸에 열이 난 채로 길에 쓰러져 에볼라 시설로 보내졌다. 하지만 병원은 넘치는 환자로 아이를 받을 수 없었고, 결국 몬로비아 해변가에서 죽어 가야 했다. 많은 아이들이 한순간에 에볼라로 부모를 잃고 길에서 생을 마감하고 있었다.

에이즈로 인한 고아의 90퍼센트는 친척들에게 입양되지만, 에볼라 고아들은 전염을 두려워한 친척과 주민들에게 기피의 대상이 된다. 동네로 돌아온 아이들은 마주치는 친구들과 마

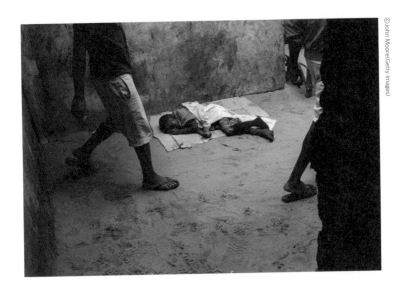

©John Moore(Getty Images)

▲ 가족을 에볼라로 잃고 홀로 길거리를 떠돌던 사아는 결국 시체로 발견되어 사람들의 마음을 아프게 했다.

인류의 양심을 보다

을 주민들로부터 "오늘은 상태가 어떻니?"라는 질문을 받으며 하루하루를 보내야 한다. 사람들이 아이들의 몸속에 있는 에볼라 균이 재발한다고 생각해 기피하기 때문에 결국 아이들은 고향을 떠나게 된다. 많은 아이들, 특히 여자아이들은 어두운 세상으로 흘러들어 가기도 한다.

유엔 보고에 따르면 시에라리온은 에볼라가 확산되기 이전에도 이미 영아 사망률이 1천 명당 205명으로 전 세계에서 가장 높은 나라였다. 평균 수명 역시 45세 정도이고, 경제적으로도 극빈국에 속해서 매일 백 명 정도의 아사자가 발생하는 나라였다.

에볼라는 단순히 생명을 빼앗는 것에 그치지 않고 자녀와 부모를 잃어버린 수만 명의 피해자를 만들며 대를 이어 또 다른 형태의 고통을 세상 속에 주고 있었다. 이미 이들 나라에 에볼라 고아가 12,000명이 넘었다는 공식적인 보고가 있으니, 세상에 알려지지 않은 얼마나 가슴 아픈 이야기들이 이 슬픈 땅에 많을지, 생각만 해도 가슴이 먹먹해진다.

전 세계에서 생산되는 식량은 지구촌 인구의 두 배가 먹고도 남는 양이라고 한다. 그럼에도 매일 10만 명 이상이 굶주림과 영양실조로 죽어 간다. 식량이 부족해서가 아니라, 가진 자들이 나누지 않기 때문이다. 굶주리고 목말라 죽어 가는 자기 자녀에게 빵과 물을 주지 않는 부모는 없다. 많은 사람들은 고통 속에 있는 사람들을 가족으로 생각하지 않기 때문에 나누어야 한다는 생각조차 하지 않는다. 세상에 참 부모가 너무 적어서 고통이 사라지지 않는다.

지구촌의 실상을 한번 살펴보자.

- 극심한 영양실조에 걸려 있는 사람이 8억 5천만 명이다.(세계보건기구WHO)
- 굶주림과 영양실조로 하루 10만 명이 죽는다.(장 지글러, 유엔개발계획UNDP)
- 하루 1불 이하로 사는 사람이 11억 명이다.(제프리 삭스, 유엔)
- 깨끗한 식수를 얻지 못하는 사람이 12억 명이고, 이 중 10억은 오염된 물로 산다.(유엔환경계획UNEP)
- 단순 설사로 죽는 사람이 한 해 700만 명이며, 이 중 300만 명이 5세 이하 어린이다.

18~19세기 영국의 경제학자 토머스 맬서스Thomas Malthus는 "인구는 기하급수적으로 증가하고 식량은 산술급수로 증산되기에 가난한 가정은 스스로 산아 제한을 해야 한다."라는 논문을 썼다. 또한 "질병과 굶주림은 자연환경이 인구를 스스로 조절해 주는 기능"이라고 했다. 만약 토머스 맬서스의 아들딸이 굶주림과 질병으로 죽어 간다고 해도 이런 논문을 쓸 수 있었을지 궁금하다. 고통 속에 살고 있는 사람들에게도 사랑하는 가족이 있다.

시에라리온의 정신과 의사 휴고Hugo는 부모를 잃은 고아들뿐 아니라 사랑하는 자녀의 죽음을 눈으로 보아야 하는 부모들의 아픔 또한 심각하다며 이렇게 전했다.

"부모들에게 당신의 자녀가 세상을 떠났다고 이야기하는 것처럼 힘든 순간이 없습니다. 전염의 위험 때문에 우리가 자녀의 시신을 가지고 가서 매장해야 한다고 설명하면 대부분 거절하며, 죽은 아이들과 함께 지내면서 온 가족이 전염되어 있기도 합니다. 어떤 부모는 이 충격을 이기지 못하고 정신 이상 증세를 보이기도 합니다."

이미 충분히 슬픈 나라, 시에라리온

시에라리온은 한반도의 3분의 1 크기 영토에 인구가 630만 명 정도 되는, 세계에서 가장 가난한 나라 중 하나이다. 하지만 희귀한 광물 자원이 많아서 다이아몬드, 철광석, 보크사이트의 매장량은 세계적인 수준이다. 다이아몬드는 시에라리온 수출의 45퍼센트를 차지할 정도로 국가 경제에 막대한 기여를 한다. 하지만 많은 저개발국들이 공통적으로 겪는 '자원의 저주'에서 벗어나지 못하고, 자원을 쟁탈하려는 선진국과 주변 국가들로 인한 분쟁, 그리고 내전에 끊임없이 시달려 왔다.
　이 나라는 노예를 해방한 영국이, 해방된 노예들과 함께 사는 불편함을 피하기 위해 이들을 프리타운에 이주시키면서 식민지 형태로 시작되었다. 프리타운은 이름 그대로 오랫동안 자유를 갈망하던 8만여 명의 노예들이 자신들의 땅을 처음 소유하면서 감격의 눈물로 세운 도시다. 지금도 프리타운 항구에는 16세기부터 18세기 300년간 노예 무역 당시 잡혀간 원주민들이 노예선에 승선하기 전에 머물렀던 건물이 해변가에 남아서 아픈 추억을 되새기게 한다. 마치 한국인들이 일본에 강제 징용을 당하고, 많은 여성들이 '위안부'로 끌려가야 했던 아픔처럼 이들에게도 슬픈 과거로 남아 있는 땅이다. 영국의 아프리카 노예 무역은 1562년 존 호킨스라는 사람이 시에라리온 원주민들을 남미에 팔면서 시작되었다고 전해진다.

노예 무역

서아프리카 해안들 중에 가나는 '황금 해안Gold Coast'이라는 별칭이 있다. 그리고 코트디부아르는 '상아 해안Ivory Coast', 시에라리온은 '다이아몬드 해안Diamond Coast'과 '후추 해안Pepper Coast' 그리고 라이베리아 역시 '후추 해안'과 '곡물 해안Grain Coast'이라고 불렸다. 이 명칭들은 모두 15세기 유럽인들이 각 나라에서 빼앗아 간 약탈품을 따라 붙여진 이름이다. 하지만 천연자원이 많지 않았던 베넹은 노예로 많이 잡혀 갔기에 '노예 해안Slave Coast'이라는 슬픈 이름을 가지고 있다.

사람이 물건처럼 사고 팔리며, 태어나자마자 누군가의 소유물이 되던 시대가 있었다. 인류 역사에 노예는 많은 지역에 있었지만 아프리카에서처럼 300년 이상, 대규모 국제 무역의 형태로 포학하고 처참하게 이루어진 적은 없다.

1495년에 포르투갈은 시에라리온에 무역 기지를 설치하고, 상아와 값비싼 자원들을 유럽으로 수출하기 시작했다. 이어서 여러 유럽 국가 상선들이 정기적으로 드나들면서 자연스럽게 시에라리온은 유럽뿐 아니라 대서양을 횡단하는 무역

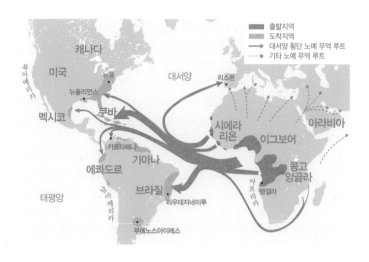

지도 내 라벨:

출발지역
도착지역
대서양 횡단 노예 무역 루트
기타 노예 무역 루트

캐나다
미국
뉴욕
대서양
리스본
뉴올리언스
멕시코
쿠바
시에라리온
아라비아
카르타헤나
이그보어
기아나
에콰도르
콩고앙골라
브라질
아프리카
벵겔라
태평양
리우데자네이루
부에노스아이레스
북아메리카
남아메리카

▲ 16세기에서 18세기까지 유럽 제국은 대규모 국제 무역의 형태로 아프리카 사람들을 노예로 잡아갔다.

의 중심지가 되었다. 영국을 필두로 프랑스 등 유럽 제국들은 상당수의 원주민들을 대서양 노예 무역의 중심지였던 카리브 해안에 팔았고, 이들이 농사한 사탕수수로 설탕을 만들어 유럽에 되팔았다. 그리고 이 돈으로 구입한 총과 옷가지, 술 따위를 가지고 아프리카에서 흑인 노예와 다시 맞바꾸었다. 당시 유럽 제국들은 16세기에서 18세기까지 근 300년 동안 이런 '삼각 무역'을 통해 막대한 부를 축적했다.

초기 유럽 노예 상인들은 주로 아프리카 부족 국가들이 소유하고 있던 전쟁 포로들을 데리고 갔다. 하지만 점차 노예 무역이 대규모로 이루어지면서, 부에 눈먼 이프리카 지도자들이 더 많은 노예들을 팔 목적으로 마을을 파괴하고 주민들을 잡아가기 시작했다. 사람들은 같은 아프리카 부족들과 아

137

랍 상인들에게 잡혀 유럽 노예 상인들에게 팔리게 되었고, 다시 돌아올 수 없는 머나먼 바다 건너로 끌려갔다.

300년간의 노예 무역은 아프리카에 불신과 증오의 씨앗을 깊게 뿌려 놓았고, 급속도로 아프리카의 노동력을 고갈시키며 인구가 정체되도록 만들었다. 당시 2천만 명이 넘는 아프리카 원주민들이 신대륙인 미주 지역에 끌려갔고, 아프리카는 점차 노인, 여자, 아이들만 남은 저주의 땅으로 변해 갔다. 노예 무역에 관한 어떤 정확한 기록도 남아 있지 않지만, 당시 노예로 팔려 간 사람들이 최소 5천만 명 이상 될 것으로 주장하는 학자들도 있다.

영국은 1672년에 노예 무역 독점 회사인 왕립아프리카회사를 설립하고 수백 척의 노예 무역선을 운영하면서 국가 수입의 3분의 1을 벌어들였다. 1700년대 영국에는 엄청나게 많은 노예 무역선이 운항하고 있었고, 이윤은 30퍼센트 내지 100퍼센트나 되어 영국 GNP의 5퍼센트 이상을 차지했다. 이런 이유로 많은 학자들이 영국의 산업 혁명은 노예 무역이 기반이 되어 성공했다고 평가하기도 한다.

노예 수용소

가나의 케이프코스트 Cape Coast 는 19세기 후반까지 유럽 열강이 금광과 노예 무역을 통해 막대한 부를 착취해 갔던 식민지 수도였다. 이들은 가나뿐 아니라 수천 킬로미터 떨어진 주변 국가에서 원주민을 잡아 와 지하 감옥에 가두었고, 노예 상인들은 이들 중 건강한 노예를 골라 대서양을 건너 신대륙에 팔

왔다.

당시 지하 감옥은 말 그대로 지옥과 같은 곳이었다. 이미 먼 거리를 끌려오면서 지칠 대로 지친 사람들을 공기도 통하지 않는 밀폐된 감옥에 수용하였다. 병들어 죽는 사람이 있어도 꺼내지 않고 시체를 그대로 방치했기에 사람들은 썩은 시체 더미 속에 살아야 했다. 이들은 노예선이 올 때까지 시체들과 같이 지내며 장티푸스, 콜레라, 황열병 같은 전염병이 돌 때면 수백 명이 죽어 나갔다. 햇볕이 전혀 들지 않는 캄캄한 지하 감옥 벽 사방에는 고통을 참으며 사람들이 긁어 댄 손톱 자국이 가득했다.

그나마 운이 좋아 지하 감옥에서 살아남은 사람들은 노예선을 타고 대서양을 건넜다. 이들은 마치 짐승 우리와 같은 좁은 선창 바닥에 종이처럼 구겨져 실렸고, 손발의 쇠사슬이

▲ 케이프코스트에 남아 있는 노예 수용소. 공기도 잘 통하지 않는 밀폐된 지하 감옥에서 사람들은 노예선이 올 때까지 썩은 시체 더미 속에서 살아야 했다.

채워진 곳은 뭉개져 상처투성이가 되었다. 하루 한 끼 주어지는 형편없는 음식과 불결한 환경으로 3분의 1 이상이 항해 중 사망했다고 한다. 지하 감옥에 갇혀 있던 사람들이 노예선에 태워지기 위해 감방을 나오면 이들 앞에는 '돌아올 수 없는 문'이 기다리고 있었다. 한번 이 문을 통과해 노예선에 태워지면 죽은 시신으로도 아프리카에 돌아올 수가 없었다.

노예선 종ZONG호 학살 사건은 오랫동안 감추어져 있던 노예 무역의 실상을 세상에 고발하는 계기가 되었다. 종호는 이미 수십 년 동안 대서양을 오가며 58,201명의 아프리카 노예들을 실어 나른 배였다. 당시 이 배는 5개월 동안 서부 아프리카의 여러 항구를 돌다가, 가나의 케이프코스트에서 198명의 노예를 마지막으로 싣고 1781년 8월 18일 자메이카를 향해 출항했다. 배에 실린 노예들은 총 442명으로, 200명 정도였던 선적 용량에 비해 애초부터 무리한 운항을 시작하였다. 그런데다 선장 콜링우드Collingwood가 중병에 걸리면서 지휘 계통에 혼란이 생겨, 중간 기착지에서 물과 음식을 싣지 않는 실수를 저질렀고 목적지 자메이카를 120마일이나 지나치는 어이없는 사건까지 일어난다. 그곳에서 다시 자메이카로 회항하는 데는 십수 일이 더 필요했지만, 배에 남아 있는 식수는 4일 치밖에 없었다. 심각한 물 부족 사태에 직면한 선박에는 이미 전염병이 돌기 시작해 62명의 노예가 사망하였고, 선원들 또한 여러 명이 죽은 상태였다. 결국 남아 있던 11명의 선원들은 노예들 중 일부를 산 채로 바다에 던지기로 결정한다. 이 결정은 단순히 물과 음식이 부족해서만이 아니라 보험금을 타려는 야비한 마음이 결정적으로 작용한 것이었다. 당시 노예선 선주들은 노예를 화물로 산정하여, 대서양 항해 중에 사망하는 노예로 인한 손실을 줄이려고 보험에 들고 있었다. 보험 약관은 '노예가 배에서 자연사할 경우엔 선주의 책임이고, 바다에 빠져 죽으면 선주와 보험사가 공동으로 부담한다'는 조건이었다. 이번 경우처럼 배에서 물이나 음식 부족으로 노예가 죽으면 한 푼도 배상받지 못하지만, 물에 빠져 죽으면 1인당 30파운드를 받을 수 있다는 계산으로 이런 끔찍한 결정을 한 것이다.

결국 선원들은 11월 29일 54명의 여성과 아이들을 발에 사슬이 매인 채로 선실 창문을 통해 바다에 던졌고, 그다음 이틀 동안 68명의 노예들을 바다에 던졌다. 노예들은 음식 없이도 버틸 수 있다고 사정했지만 선원들은 듣지 않았다고 하며, 십여 명의 노예는 스스로 바다에 뛰어들어 자살했다. 천신만고 끝에 종호는 1781년 12월 22일 자메이카의 블랙리버에 도착했다. 442명의 노예를 싣고 출발한 선박에는 겨우 208명만 살아 있었고, 이들은 한 명당 36파운드에 팔렸다. 도착 당시 선상에는 여전히 1.9톤의 식수가 남아 있었다고 하며, 선장 콜링우드는 도착 후 사흘 만에 병으로 사망했다. 한편 영국에 있던 선주는 보험 회사에 노예 한 명당 30파운드의 손해 배상을 청구했는데, 보험 회사가 이를 거부하면서 이 일이 온 세상에 알려지게 되었다. 이 사건에 대한 영국 대법원의 판결은 당시 유럽 사회가 노예를 어떻게 정의하는지 보여 준다.

"노예를 바다에 버린 행위는, 생각할 것도 없이 말을 바다에 던진 것과 같아서······."

이 사건은 노예를 짐승인 말과 동일하게 취급해서 선원들에게 살인죄를 묻지 않는 것으로, 어이없이 종결되었다. 그러나 이 사건은 노예 무역의 끔찍한 실상을 세상에 알리는 상징이 되었고, 결국 유럽에서 노예 제도 폐지를 위한 움직임이 태동되는 계기가 되었다.

영국은 1807년 노예 무역을 금지하면서 서아프리카에서 노예 무역선을 나포하도록 했고, 1833년 대영 제국 전체에 노예 제도를 법적으로 폐지한다. 유럽 국가들 역시 1840년부터 1850년 사이에 차례차례 노예 제도를 폐지하였다. 미국도 1808년 대서양 노예 무역을 금지했고, 링컨 대통령에 의해 1863년 1월 1일 노예 해방 선언문이 공포되었다.

시에라리온 내전

밀림에서 사냥하고 바다에서 물고기를 잡으며 살아가던 시에라리온 사람들에게 다이아몬드는 그저 반짝이는 돌멩이에 불과했다. 총독부를 두고 시에라리온을 식민 통치하던 영국은, 1935년 세계 최대 다이아몬드 광산을 발견하고 자국 기업인 드비어스De Beers에 98년간 채굴 독점권을 주었다. 1961년 시에라리온이 독립한 이후에도 영국은 독점권을 유지하면서 엄청난 양의 다이아몬드를 캐내 갔는데, 그때서야 시에라리온 사람들도 다이아몬드가 귀한 보석이라는 사실을 깨닫게 되었고, 이 보석을 둘러싼 분쟁이 시작되었다.

드비어스는 '다이아몬드는 영원하다.'라는 신화를 만들면서 전 세계 다이아몬드 시장을 장악했다. 이들은 다이아몬드에 영원한 사랑의 세계로 이끌어 주는 마법이 있다고 세상을 현혹하면서 엄청난 돈을 벌었지만, 시에라리온은 저주의 나락으로 떨어져 갔다.

아프리카에서 일어나는 내전은 대부분 부족 간의 분쟁이다. 아프리카 국가는 한 나라에 적게는 사오십 개, 많게는 수백 개의 서로 다른 부족이 공존한다. 서로 다른 부족이 함께 나라를 이루어 살게 되면 많은 영역에서 피할 수 없는 긴장과 갈등이 생기고 때로는 돌이킬 수 없는 내전으로 이어지기도 한다. 하지만 시에라리온 내전은 전적으로 다이아몬드를 위한 싸움으로, 강대국들이 다이아몬드 이권을 계속 확보하기 위해 뒤에서 부추긴 전쟁이었다.

1991년 포데이 산코를 우두머리로 다이아몬드 주산지인 동부 밀림 지역에서 일어난 혁명연합전선은, 마을 주민들을 무참히 살해하며 순식간에 지역 전체를 장악했다. 반군은 삽시간에 다이아몬드 광산들을 점령하고 생산된 다이아몬드를 팔아서 정부군보다 우수한 무기를 구입했다. 이들 반군이 주민들의 노동력을 착취해 벌어들인 다이아몬드는 연 평균 1억 2천 5백만 달러에 달했고, 이 돈은 무기 구입 자금으로 사용되었다. 당시 포데이 산코는 1977년 실시한 국민 투표에서 시에라리온 인민당의 티잔 카바 대통령을 지지했던 국민들에게 "손이 없으면 투표하지 못한다"며 이들의 손목을 도끼로 자르는 잔인한 보복을 행했다. 하지만 이것은 핑계에 불과했는데, 투표와 전혀 무관한 수많은 어린아이들과 여자들까지 무차별로 손목과 팔을 절단했기 때문이다.

1999년 1월 6일 반군은 정부를 전복시키기 위해 대규모 화력을 총동원하여 3주 동안 수도 프리타운의 절반을 장악했다. 이들은 보이는 모든 시민들에게 총을 쏘았고, 도망가는 사람들을 향해서도 무차별 난사를 하였다. 수많은 집들이 잿더미가 되었고 사람들이 무참히 살해되었다. 사람들의 팔다리를 잘라 내는 포악한 행위는 말할 것도 없고 눈을 파내는 만행까지 저질러, 지구촌에서 가장 포악한 전쟁으로 기록되고 있을 정도이다. 이들은 소년병 아이들에게 마약을 먹여 양심의 가책 없이 이런 악행을 저지르도록 했으며, 3주 동안 프리타운에서만 7천 명 이상을 살해했다. 이 공격의 작전명은 '모조리 죽여라!'였다.

시에라리온 내전 10년 동안 20만 명이 사망하고, 25만 여성이 강제로 유린당하고, 1만 명의 소년병들이 온갖 위험하고 악한 전투에 동원되었으며, 4천 명 이상의 사람들이 손목이나 팔 전체가 도끼로 절단되었다. 그리고 인구의 3분의 1인 2백만 명이 난민이 되어 보금자리를 버리고 이웃 나라 기니와 라이베리아로 피난을 떠나야 했다. 세상은 이 전쟁에 동원된 15세 이하의 소년병들을 '피의 아이들Blood Children', 이들 나라에서 생산된 다이아몬드를 '피의 다이아몬드Blood Diamond'라고 부른다. 이 전쟁은 적과 아군, 자유와 독재의 구별도 없이, 오직 다이아몬드를 위해 무슨 짓이든 할 수 있었던 인간이 만든 가장 부끄러운 일로 역사에 남아 있다.

시에라리온 내전은 2001년 종결되었고, 유엔 평화 유지군은 2005년에 철수하였다. 하지만 국내 경제는 파괴되고 산업의 기반은 철저히 붕괴되고 말았다. 당시 시에라리온에서 밀수출한 다이아몬드는 33만 9천 캐럿으로 추산되는데, 반군들이 이를 통해 벌어들인 돈의 대부분은 무기 구입에 사용되었다. 이 엄청난 재정이 백성들의 복지에 활용되었다면 오늘의 시에라리온은 전혀 다른 나라가 되어 있을 것이다. 생산되는 최고의 보석이 국가 경제 건설이 아니라 내전, 강제 노동, 소년병, 무기 밀수, 돈 세탁과 학살 등 온갖 참혹한 악행을 가져오는 원흉이 되었다.

2014년 에볼라 긴급구호를 위해 시에라리온에 처음 도착했을 때 가장 강렬하게 느낀 것은 사회 전체에 가득한 분노였다. 도로에는 잠시도 못 참고 눌러 대는 차량들의 경적 소리가 요란했고, 만나는 사람들의 내면에 가득한 분노와 아픈 상처가 깊이 느껴졌다. 내전으로 형성된 상처가 온 나라 곳곳에서 사람들의 영혼을 강하게 짓누르고 있었다.

아프리카에서 사람의 손목을 도끼로 절단하는 끔찍한 행위는 벨기에가 그 원조다. 그들은 식민지 콩고의 풍부한 자원을 수탈하고자 20년 동안 현지인들을 강제 노역시키며 손목과 발목을 자르는 만행을 저질렀다. 두려움을 주어 말을 잘 듣게 하기 위함이었다. 19세기 후반, 벨기에 왕위에 오른 레오폴드 2세는 콩고를 사유지로 만들어 천연자원을 약탈하기 시작했다. 처음엔 상아가 주목적이었는데, 짐차 자동차 타이어 재료가 되는 고무나무 수액 채취에 원주민들을 동원하게 된다. 이들은 아프리카인 용병을 고용하여 주민들을 강제 노역에 동원했고, 할당량을 채우지 못하거나 반항하면 채찍을 가하거나 심지어 죽이기까지 했다. 주민들은 음식과 물도 없이 노역에 동원되었고, 20년 동안 죽은 사람이 1천만 명에서 1천5백만 명이라고 알려져 있다. 용병들은 거역하는 주민들의 손목과 발목을 절단하기도 했는데, 아이들의 오른 손목을 자르는 잔혹한 행위까지 서슴없이 저질렀다. 이후로 아프리카에서 손목과 발목을 거리낌 없이 자르는 참혹한 일이 반복되었다.

사람은 본래 존귀한 존재여서 타인에 의해 존엄성이 빼앗기거나 파괴되어서는 안 된다. 그러나 스스로 존귀하다는 사실을 망각할 때부터 사람은 존엄성을 잃기 시작한다. 오랫동안 극심한 고통 속에 살다 보면 서서히 자존감을 상실하게 된다. 존엄성을 상실한 사람처럼 불행하고 비참한 존재는 없다. 본능에 따라 행동하는 짐승과 다를 바 없기 때문이다. 그 고귀한 가치를 회복시켜 주는 힘이 바로 사랑이다.

영국 정부에서 지하수 개발을 의뢰한 병원 중 하나가 키시이Kissy 정신 병원이었는데, 아홉 개 병동에 150여 명의 환자가 입원해 있었다. 22년 동안 이 병원에서 투약 담당 의사로 일하고 있는 알파Alpha 선생은 이렇게 말했다.

"많은 환자가 내전으로 인한 정신적 충격에서 여전히 헤어나지 못하고 있습니다. 눈앞에서 가족들이 살해당하는 장면을 보는 것이 얼마나 힘든 일이었겠습니까? 팔다리가 절단되면서 충격을 받고 입원해 있는 사람들도 있습니다."

우리가 작업하는 중에도 독방에 갇혀 있는 환자가 질러 대는 외침이 온 병원을 울리고 있었다. 내전이 끝난 지 십여 년

이 지났지만, 이 사회가 상처에서 벗어나는 데에는 더 많은 세월과 따뜻한 손길이 필요할 것이다. 이 땅에 살고 있는 상처받은 영혼들에게 평화로운 봄날이 속히 오기를 기대해 본다.

에볼라가 다시 확산되다

"유니세프 수자원팀의 죠세핀입니다. 팀앤팀은 지금 어디에서 일하고 계신가요?"

"우리 팀은 마케니에서 지하수 개발 중입니다. 무슨 일이세요?"

"캄비아Kambia 와 포트로코Portloko에 열다섯 명의 에볼라 환자가 다시 발생해서 모든 긴급구호팀이 포트로코에 집결하고 있습니다. 어제 코로마 대통령이 이 두 지역에 비상계엄을 선포해, 앞으로 3주 동안 오전 6시부터 오후 6시까지 유엔과 구호 단체 차량 외에는 통행이 제한되고 있어요. 수십 개 마을이 격리돼 있는데, 이 마을들 대부분이 펌프 고장으로 식수 공급이 어려운 상황입니다. 팀앤팀의 도움이 절실합니다."

당시 우리는 유엔세계식량계획의 요청으로 마케니라는 지역에서 지하수를 개발 중이었는데, 난해한 지질 구조 때문에 심각한 어려움을 겪고 있었다. 그 지역은 지표에서 30~50미터까지는 아주 부드럽고 수분이 많은 지질이고, 그 아래에는 10~20미터 바위층이 있어서 그 바위를 뚫고 내려가야 깨끗한 지하수를 만날 수 있었다. 이런 지형이 어려운 이유는, 부드러운 지질의 경우 굴착은 쉽지만 그 아래 바위를 깨기 위해 고압 압축 공기 해머를 사용하면 순식간에 모두 무너져 버리기 때문이다. 대개는 상부 부드러운 층에 무너지는 것을 방지하는 작업을 하는데, 그 작업조차 쉽지 않아서 고생을 하고 있었다. 지난 한 주 동안 두 세트의 해머를 땅속에 잃어버린 채 씨름을 하느라 긴급 뉴스조차 듣지 못하고 있을 때, 사무실에서 연락을 받았다.

에볼라 환자가 마을에 한 명이라도 발생하면 온 마을이 즉시 격리되어 통제 속에 들어가게 된다. 일단 마을이 격리되면 군인들 감시 하에 통제 선이 설치되고 21일 동안 어떤 이유로도 출입이 금지되며, 이를 어기면 대통령령으로 즉시 감옥에 수감되도록 엄격히 관리된다. 이 기간 동안, 유엔과 구호 단체들은 각자가 맡은 영역에 따라 격리된 마을에 식량, 보건 위생, 식수 등을 제공하며 에볼라의 확산을 막는다. 보건 위생을 맡은 단체는 매일 아침저녁으로 마을에 들러서 사람들의 체온을 측정하고, 식량을 책임진 단체는 주민들에게 필요한 음식을 공급한다. 또, 식수를 맡은 단체는 먹는 물뿐 아니라 손을 청결하게 할 수 있도록 필요한 물을 공급한다.

그동안 긴급구호에 투입된 단체들은 고비를 넘었다고 안심을 하면서도, 언제 다시 고개를 들지 알 수 없는 전염병의 생리를 알기에 하루하루 긴장 속에 사태를 주시하고 있었다. 라이베리아에서도 이미 몇 번 종료 선언 직후에 새로운 환자가 발생하곤 했다. 이번에도 동일하게 한동안 신규 환자가 발생하지 않다가, 시에라리온과 기니 국경 지대를 중심으로 총 31

명(시에라리온 15명, 기니 16명)의 신규 환자가 순식간에 발생했다.

캄비아 지역은 기니와 국경을 접하는 곳으로, 30만 명 정도의 주민이 살고 있다. 주민들은 농업과 어업, 사냥으로 살아가며, 군청 소재지 캄비아는 기니와 무역으로 연결되어 있는 국경 도시다. 1980년대 나라 전체가 극심한 내전에 휩싸였을 때, 이 지역 전체가 반군 거점으로 점령되어 많은 주민들이 살해되었고, 대부분 아이들이 소년병으로 끌려간 아픔의 땅이다. 포트로코는 캄비아의 이웃 지역으로 룽기에 프리타운 국제공항이 있고, 수도 프리타운과 항구를 사이에 두고 마주하고 있다.

캄비아와 포트로코는 대서양을 접하고 있어서 많은 어부들이 자신들의 배로 수도 프리타운을 자유롭게 왕래한다. 어부들은 잡은 고기를 팔기도 하고, 어선에 필요한 물품들을 구입하기 위해 수도 프리타운을 수시로 드나든다. 프리타운에는 어부들이 모여 사는 마을 여러 곳이 도시 빈민가처럼 형성되어 있는데, 이렇듯 배를 이용해 자유롭게 다니는 어부들이 에볼라 전염의 중요한 매개체가 되기도 했다. 이번에도 이미 몇몇 전염된 환자가 프리타운 어부 마을로 이동하면서 프리타운에도 환자가 발생했다는 보도가 나오고 있었다. 이런 이유로 대통령이 이 두 지역에 3주간의 비상계엄을 선포해 육로와 해로를 통한 이동을 막으려는 것이었다. 신속한 통제가 이루어지지 않으면 밀집한 빈민가를 중심으로 에볼라가 다시 기승을 부릴 것이 분명했다.

모든 도로가 군인들의 엄격한 통제 속에 다시 들어가, 체온을 측정하고 손을 비누로 씻고 손 소독제를 사용하는 등 위생 상황을 확인하는 검문검색으로 분주해졌다. 그동안 수도 프리타운을 중심으로 전국에 흩어져서 일하던 대부분의 구호 단체들과 유엔 기구들은 우리처럼 순식간에 포트로코에 총집결했다. 인구 몇만 명에 불과한 포트로코 다운타운은 몰려든 단체들로 빈방 하나 잡을 수 없었고, 거리는 수십 대의 유엔과 구호 단체 차량으로 마치 전쟁터처럼 붐비고 있었다. 다행히 유니세프 수자원팀에서 우리 숙소를 마련해 주어서 짐을 풀고 본격적으로 일을 시작했다.

우리는 만사를 제쳐 놓고 격리된 마을에 고장으로 버려진 펌프부터 수리를 시작하였다. 긴급구호를 책임지고 있는 지역에볼라대응센터 관리들과 유니세프 수자원팀, 지역 수자원부 직원, 그리고 심지어는 마을 최고 책임자들로부터 밤낮없이 전화가 걸려 오기 시작했다. 또다시 에볼라와의 전쟁이 시작된 것이다.

지역에볼라대응센터 긴급구호 본부가 설치된 곳은 다운타운에서 약간 벗어난 넓은 공터에 있는 건물이었다. 중앙에 위치한 건물과 급히 지은 임시 막사에 전기와 인터넷을 설치하여, 모든 단체들이 본부 및 현장과 끊임없이 연락하며 돌발 상황에도 즉시 대처하도록 되어 있었다. 모든 움직임은 지역 에볼라대응센터 지휘 체제에서 통제되고 운영되었다. 그리고 그 아래에 열두 개의 단체가 공식 파트너로 참여해서 각 분야를 전담하고 있었고, 많은 다른 구호 단체들은 해당 분야의 공식 파트너와 연합해서 효과적으로 일을 해 나갔다.

인류의 양심을 보다

공식 파트너로 참여한 단체는 다음과 같다.

- 미국질병관리본부CDC
- GOAL(아일랜드 국제 구호 단체)
- ONS Office of National Security (시에라리온 국가안보실)
- 유니세프UNICEF
- 국제적십자연맹IFRC
- International Medical Corps(국제 의료 구호단)
- 옥스팜OXFAM
- PIH Partners In Health (미국 의료 구호 단체)
- 영국공중보건국Public Health England
- 팀앤팀TEAM & TEAM
- 세계식량계획WFP
- 세계보건기구WHO

대부분은 의료 사역을 중심으로 하는 유엔 기구와 국제 구호 단체들이고, 세계식량계획처럼 식량을 공급하고 ONS처럼 환자들의 안보를 책임지는 기구도 있었다. 팀앤팀은 수자원 분야, 특히 환자 발생으로 격리되어 있는 마을의 식수 시설 보수를 통해 주민들에게 식수를 공급하는 일을 책임졌다.

매일 아침 8시엔 모든 단체들이 모여 전날 밤 일어난 상황을 보고받고 공식 파트너 열두 개 단체를 중심으로 하루 작업 계획을 나누었고, 오후 5시에는 역시 모두 모여 상황을 점검하고 하루를 정리하는 전략 회의가 긴박하게 열렸다.

지하수 개발이 불가능한 병원

몇 개월간 긴박하게 지속된 위급 상황이 겨우 안정되어 가던 어느 날, 대책 모임이 끝나고 일어서는 나에게 유엔에볼라사업단 책임자가 다가와서 말했다.

"많은 단체에서 지하수 개발이 불가능하다고 포기한 병원이 있습니다. 에볼라에서 치료된 사람들을 집으로 보내기 전에 최종 확인을 위해 21일 동안 머무는 에볼라 임시관찰센터인데, 팀앤팀에서 도와주실 수 있는지요?"

"물론이죠. 어딘지 알려 주시면 방문해서 저희 장비로 굴착이 가능한지 살펴보고 가능하면 도와 드리겠습니다."

우리는 다음 날 유엔 현장 코디네이터 엔하임^{Anheim}과 함께 프리타운에서 한 시간 거리에 있는 콘톨로 임시관찰센터에 현장 답사를 위해 찾아갔다. 병원은 산 중턱에 있었는데, 큰 길에서 삼십 분 정도 좁고 험한 길을 올라가야만 했다. 병원이 위치한 산은 온통 화강암으로 가득한 돌산이었는데, 이렇게 강한 바위산에서 지하수를 얻기란 쉽지 않아 보였다. 물론 깊이 들어가면 지하수층을 만날 수도 있지만 없을 확률이 더 많고, 강한 화강암층을 뚫기 위해서는 고압 압축 공기로 작동하는 해머와 특수 금속으로 제작되어 바위를 부수는 버튼 비트라는 장비가 필요하다. 물론 우리가 늘 사용하는 장비들이긴 하지만, 이 돌산에서 지하수를 얻을 수 있으리라는 확신이 들지 않았다. 돌산을 오르는 내 마음은 갈수록 무거워졌다. 병원은 독일 의료 구호 단체가 돌보고 있었는데, 독일 병원장이 우리를 뜨겁게 환대해 주었다. 사십 대 초반의 전형적인 독일인으로 보이는 의사는 내 얼굴이 어두워진 걸 눈치챈 듯 조심스럽게 말했다.

"쉬운 곳이 아니라는 건 잘 알고 있습니다. 이미 독일에서 굴착 전문가들이 몇 번이나 현장 조사를 왔지만 모두 불가능하다고 했지요. 우리도 거의 포기한 상태입니다만, 몇십 명이나 되는 에볼라 환자들을 보면서 마지막 기대를 해 보기로 했습니다. 못하신다고 해도 실망하지 않겠습니다. 하지만 혹시라도 가능성이 없을까요?"

지난 17년 동안 5백 공 이상의 지하수를 개발하면서, 안타깝지만 기술이나 장비의 한계로 포기해야 했던 마을도 있었다. 그런데 이곳은 단순히 지질 구조 문제만 있는 것이 아니라 장비가 굴착 장소에 접근하는 것 자체가 용이하지 않을 정도로 협소했다. 지하수를 개발하기 전에 반드시 탐사 장비로 지질 구조와 지하수 부존 여부를 조사해야 하는데, 이곳은 탐사를 하는 데 필요한 기본 공간 자체가 없었다. 마음은 이미 명확하게 "불가능해 보입니다!"라고 말하고 있지만, 내 얼굴을 보고 있는 유엔 사람들과 의료진, 몇십 명에 달하는 환자들의 눈빛 때문에 "No!"라고 말을 할 수가 없었다. 이들은 에볼라에 감염되었다가 마지막 단계에서 살아 돌아온 사람들이었기에 도저히 절망의 이야기를 할 수가 없었다.

우리가 전쟁터와 재난 지역에서 일해 오면서 늘 가슴에 새기고 걸어온 정신이 있다.

"0.1퍼센트의 가능성만 있어도 포기하지 않고 시도한다."

우리의 결정에는 늘 사람의 생명이 달려 있기 때문이다.

옆에 있는 굴착 책임자 마크Mark를 보았지만, 그 역시 어두운 얼굴로 고개를 흔들고 있었다.

"마크, 지하수 탐사가 쉽지 않을 것 같은데, 주변 상황을 좀 살펴봐야겠네. 나는 지형을 살펴보고 올 테니까 자네는 이 동네에 이미 설치된 지하수가 있는지 알아보고, 있다면 굴착 깊이와 상태를 조사해 주면 좋겠다."

우리는 흩어져서 주변 상황을 살펴보며 가능성을 점검하기로 했다. 동네를 살펴보고 온 마크가 이야기했다.

"산 아래 평지에 펌프가 한 대 있어 마을 사람들에게 물을 공급해 주고 있는데, 수량이 제법 많은 것 같습니다. 우리가 바위층을 뚫고 내려갈 수만 있다면 가능할 것도 같은데, 암반이 얼마나 깊을지가 숙제네요. 일단 시도해 보면 어떨까요?"

"좋아! 사실 주변 상황이 아무리 비관적이어도 시도해야겠지!"

마크는 케냐 팀앤팀에서 에볼라 긴급구호를 위해 따라온 29살 청년으로, 결혼하여 아이도 있지만 두려워하지 않고 험한 현장에 달려왔다. 나이에 비해 현장 경험이 많고, 아프리카 현장 기술자로는 드물게 컴퓨터로 작업 보고서를 만들어 낼 수 있어 큰 힘이 되는 아들 같은 녀석이다.

우리가 돌아오자 사람들이 다시 우리 주위로 다가왔고, 독일 의사가 말했다.

"포기하고 가신 것 아닌가 걱정했습니다. 가능성이 있을까요?"

유엔에볼라사업단의 엔하임도 걱정스럽게 말했다.

"이 병원뿐 아니라 주변 모든 사람들이 애타게 기다리고 있어서 이곳에 반드시 물이 나와야 합니다. 사실 이 프로젝트가 시에라리온 에볼라사업단의 마지막 사업이에요. 개인적으로도 마지막 선물을 성공적으로 마무리하고 싶습니다. 도와주십시오."

한 가지만 더 확인하고 결정을 해야 했다.

"혹시 이 병원 내부가 아니라 담장 밖 넓은 공터에 굴착을 하면 안 될까요? 어차피 마을 주민들이 함께 사용한다면 크게 문제될 것 같지 않은데요. 병원 마당에 공간이 너무 협소해서 고민하고 있습니다만……."

"어려운 일이라는 건 잘 알고 있습니다. 하지만 밖에 설치하면 관리하는 사람이 없어서 곧 망가질 것이고, 한번 망가지면 아무도 수리하지 않아서 버려지게 될 것이 분명해서요."

우리도 아프리카 상황을 잘 알기에 동의할 수밖에 없었다.

"그렇죠. 마을 주민들이 관리한다고 해도, 발전기에 필요한 연료와 정비에 필요한 재정을 책임질 수는 없겠지요."

결국 협소한 병원 앞마당에서 작업하는 것 외에 다른 방법이 없었다.

"일단 시도해 보겠습니다."

"정말입니까? 오! 고맙습니다."

이들은 마치 벌써 물이 솟아 나오는 것처럼 기뻐했다. 하지만 행복해하는 독일 의사와 엔하임을 보는 내 마음은 무겁기만 했다.

"일단 장비를 준비해서 최대한 빨리 시작하도록 하겠습니다만, 몇 가지는 병원 측에서 도와주어야 합니다."

원래 아동 병원이었던 콘톨로 임시관찰센터는 에볼라에서 완치된 아이들이 귀가 전에 최종 점검을 받는 곳으로 7개월 동안 활용되고 있었다. 2014년 12월부터 62명의 아이들이 거쳐 갔고, 그중 세 명은 재발로 사망했다. 작업하고 있을 당시에도 세 명의 아이들이 격리되어 있었는데, 접촉하면 안 된다는 요청이 있었다. 센터는 독일 의료 구호 단체 캅 아나무르Cap Anamur가 돌보고 있었고, 단체 소속 의료진들이 환자의 상태를 세심하게 살피며 집으로 돌아갈 수 있는지를 결정했다.

굴착은 생각했던 것보다 훨씬 어려웠다. 지표면 상부에서 시작된 암반이 100미터 이상 끝날 줄 모르고 계속되었다. 게다가 얼마나 단단한지 한 시간에 1미터 굴착도 어려울 정도였고, 특수 금속으로 바위를 깨는 버튼 비트를 몇 개나 교환해야 했다.

병원에 있는 모든 직원과 환자들이 숨을 죽인 채 기다렸다. 사흘이나 씨름을 하면서 모두 지쳐 갈 즈음, 지하 120미터 깊이에서 갑자기 깨끗한 물이 폭포처럼 터져 나오기 시작했다. 강한 압축 공기 힘으로 솟구쳐 오르는 물은 순식간에 주변 모두를 시원하게 적셨고, 구경하던 모든 사람이 일어나 소리치기 시작했다. 병원 직원들과 환자들은 누구나 할 것 없이 얼싸안고 춤을 추며 눈물을 흘렸다. 이런 풍경은 우리가 일하는 모든 현장에서 늘 경험하는 일이어서 새로운 풍경도 아니

인류의 양심을 보다

지만, 매번 우리의 마음 역시 감동으로 눈물을 흘리게 만든다. 수십 년 동안 물이 없어서 얼마나 고통을 받으며 살아왔는지 알기에 이들의 기쁨이 이해가 된다.

이들은 매일 40도 가까운 더위에 세 시간에서 다섯 시간을 걸어서 물을 길어 와야 생존할 수 있었다. 그 웅덩이 물조차 사람들이 빨래하고, 짐승들이 첨벙대고 들어와 먹는 오염된 물이다. 물을 길어 오는 일은 대개 여자아이들 몫이고 남자아이들 역시 가축을 데리고 초원과 물을 찾아다녀야 하기에 학교에 가지 못한다. 마을에 깨끗한 물이 나온다면 아이들은 학교에 갈 수 있고, 새로운 인생을 꿈꿀 수 있게 된다.

이들에게 물을 공급하는 것은 단순히 삶을 편하게 만드는 데 그치지 않고, 전혀 다른 차원의 인생으로 이끌어 준다. 식수는 육신에 필요한 음료수일 뿐 아니라 삶 전반에 새로운 생명수가 되기 때문이다. 이 생명수는 이들이 살아가는 모든 환경에 새로운 생명을 불어넣어 이전에 감히 상상할 수 없었던, 인간이 마땅히 누려야 할 삶을 살 수 있도록 해 준다.

병원과 마을이 다 사용해도 시간당 4톤 내지 5톤이면 충분한데, 물이 나오는 상황을 보니 최소한 시간당 10톤은 될 것 같았기에 140미터 깊이에서 작업을 중지하고 마무리를 시작했다. 굴착을 마치면 바닥까지 들어가 있는 굴착 장비를 꺼내고 UPVC 플라스틱 케이싱이나 강철 케이싱을 넣어 무너지는 것을 방지하면서 깨끗한 물을 지속적으로 뽑아낼 수 있도록 한다. 일단 케이싱이 바닥까지 성공적으로 안착되면 중요한 공정의 90퍼센트가 끝나서 안심할 수 있게 된다.

우리는 홀가분한 마음으로 지하에 들어가 있는 장비들을 꺼내기 시작했다. 우리 장비는 암반을 부수는 1미터 길이의 해머 세트를 제일 앞에 넣고 그 뒤에 2미터 길이의 강철 튜브를 계속 연결하도록 만들어져 있다. 140미터 지하에는 1미터 길이의 해머 세트와 2미터 길이의 강철 튜브 70개가 들어가 있는 것이다.

문제가 생긴 것은 지하 120미터 근방 암반이 끝나는 곳이었는데, 순조롭게 나오던 장비가 고착되어 움직이지 않았다. 장비는 강한 힘으로 회전을 하면서 지층을 뚫고 내려가는데, 회전도 안 되고 상하로 움직이지도 않는 일이 종종 발생하기도 한다. 마치 탄광의 갱도가 무너지면서 광부들이 지하에 갇히는 것과 같이, 이미 굴착한 상부에서 지층이 무너지는 경우에 이런 문제가 생기곤 한다.

하지만 여긴 단단한 암반층이어서 그런 문제는 아닌 것 같고, 아마도 부서진 돌이 해머 상부에 쌓여서 마치 낚시 바늘처럼 들어가긴 해도 나올 수 없도록 잡고 있거나, 해머가 좁은 관정에 끼인 것 같았다. 거의 하루를 씨름하다가, 도움을 구하고자 오랫동안 이 나라에서 지하수 개발을 해 오고 있는 이달Edal 회사 세실리아Cecilia 사장에게 전화를 했다. 그녀는 내 말이 끝나기도 전에 부르짖듯 말했다.

"콘톨로? 오, 노! 거긴 이 나라에서 가장 까다로운 지역 중 하나예요. 우리도 그곳에서 해머를 두 세트나 잃어버렸어요. 지하 암반층에 공간crack이 많아서 해머가 내려간 뒤에 그 공간 안에 있던 돌들이 나와 해머가 올라오지 못하도록 막기도 합

인류의 양심을 보다

니다."

많은 단체들이 비슷한 문제로 지하에 내려가 있는 장비를 포기한 아픈 추억을 한두 번은 지니고 있다. 재정적으로도 엄청난 손실이지만, 외국에서 부품을 다시 구입하는 데 길면 몇 개월씩 소모해야 하는 어려움에 처하기도 한다. 당시 우리는 기본 장비만 신속하게 가지고 갔기에, 잃어버린 장비를 공급받는 데 오랜 시간이 필요할 수도 있는 상황이었다.

"고맙습니다. 현재로선 뚜렷한 해결 방안이 보이지 않지만 최선을 다해 보고 다시 연락드릴게요."

세실리아는 필요하면 경험 많은 자기 회사 기술자들을 보내 줄 테니 언제든 연락해 달라고 했다. 이젠 지하에 있는 장비를 잃어버린다 생각하고, 장비가 낼 수 있는 최대의 동력을 사용하기 시작했다. 그렇게 몇 시간을 씨름했더니 마침내 꿈쩍도 하지 않던 장비가 서서히 회전하기 시작했고, 가슴 졸이며 지켜보던 모든 사람들이 환호성을 질렀다. 지루하게 앉아 있던 팀원들이 일순간에 활기를 찾고 장비에 달려들어, 작업 재개 후 삼십 분 정도 지나자 지하 40미터 높이까지 해머가 올라왔다. 이제 조금만 더 하면 모든 과정이 마무리된다는 생각에 모두 즐거워하는데, 장비가 그만 또다시 정지돼 버렸다. 이번엔 좀 더 심하게 고착된 듯 어떤 방법을 사용해도 움직이지 않았다. 온갖 방법을 다해 꼬박 하루를 씨름하면서 간신히 장비를 꺼낼 수 있었는데, 마지막 부분이 지상으로 니웠을 내 모두늘 벌린 입을 다물 수가 없었다.

"아니, 비트가 어디로 사라졌지?"

바위를 뚫고 내려가는 버튼 비
트가 보이지 않았다.

혼자서는 들 수 없을 정도로 무
거운 장비가 고착된 바위틈에서
무리한 힘을 받으면서 연결 부분
이 절단되어 버린 듯했다. 장비가
무사히 올라왔다는 기쁨은 온데

▲ 지하수를 뚫을 때 꼭 필요한 해머
세트(DTH Hammer & Button Bit).

간데없이 사라지고 눈앞이 캄캄해졌다. 물론 아직 여분으로
가지고 있는 한 세트가 있었지만, 당시 외부와 단절된 시에라
리온은 외국에서 물건을 수입하는 것이 여간 어렵지 않았다.
마치 고립된 섬에서 생필품을 외부로부터 공급받는 것과 같
아서, 비용을 몇 배 지불한다 해도 언제 받게 될지 모르는 상
황이었다. 만약 이번과 같은 일이 한 번만 더 일어나면, 이 긴
박한 에볼라 상황에 수개월 동안 작업을 못 하게 될 수도 있
었다.

일단 현재 상황은 마무리해야 했기에 팀원들을 모두 불러
모았다.

"캠프파이어!"

책임자 마크는 팀앤팀 케냐에서 왔지만, 다른 팀원들은 시
에라리온 현지에서 채용했기에 지하수 개발에 관해서 기초
부터 가르쳐야 했다. 작업 중 교육이 필요하면 언제든 멈추고
설명을 했는데, 시끄러운 엔진 소리 때문에 둥글게 머리를 맞
대고 이야기했다. 그 모습이 흡사 모닥불 주위에서 캠프파이
어를 하는 것 같아서 '캠프파이어!'라고 하면 즉시 모두 모이

　　　　　　　　　　　　인류의 양심을 보다

곤 했다.

"모두 고생했습니다. 장비를 꺼내지 못할까 봐 염려했는데, 무사히 다 올라와서 다행이에요. 비트가 떨어지긴 했지만 꺼 낼 방법이 없고, 다른 곳에 다시 굴착할 장소도 없으니 케이 싱을 넣고 마무리하도록 합시다. 나중에 수질 분석 결과에 문 제가 있다면 그때 방법을 연구해 보죠."

비록 문제가 생겼지만 어렵게 성공한 관정을 포기할 수는 없었다. 통상 굴착이 끝나면 지하수를 분석해서 인체에 해롭 지 않은지를 측정하는데, 혹시 비트 때문에 수질에 문제가 발 생하면 그때 가서 적절한 해결 방법을 찾으면 될 것이다. 그 리고 비트는 특수강으로 강한 열처리를 거쳐 만들기에 큰 문 제는 없으리라 생각되었다. 만약 해롭다 하더라도 음료수가 아닌 잡용수로 활용할 수 있을 것이다. 후에 알았지만, 마을 아래 설치된 지하수 역시 두 개의 해머 세트를 잃어버리고 겨 우 성공했다고 한다. 온갖 난관을 거치고 작업이 마무리되자 독일 병원장을 비롯한 병원 식구들이 기뻐하는 모습은 말로 표현할 수가 없었다. 그리고 유엔에볼라사업단 역시 그 못지 않게 축제 분위기가 되었다. 길고 힘들었던 에볼라와의 싸움 이 공식적으로 종료되었기 때문이다.

에볼라 퇴치를 위해 2014년 9월 19일 유엔 산하에 발족된 유엔에볼라사업단은, 이 사업을 끝으로 함께 일하던 시에라리 온 국립에볼라대응센터에 모든 업무를 인계하고 2015년 7월 말 시에라리온에서 철수하였다. 유엔에볼라사업단은 철수 직 전인 6월 29일 복지부 장관을 비롯한 여러 지도층 인사들을 콘톨로 임시관찰센터에 초청하여 지하수 개발 완공 기념행사를 가졌다. 행사에 참석한 유엔에볼라사업단 케이타^{Keita} 대표는 오늘 행사를 끝으로 시에라리온 사무실이 문을 닫는다며, 마지막을 의미 있게 해 준 팀앤팀에 대한 감사의 인사를 잊지 않았다.

뜻밖에 만난 한국 의료진

시에라리온은 건기가 시작되는 10월부터 이듬해 5월까지는 수도 프리타운조차 전기 공급이 어려워 상점이나 개인 회사들은 자체 발전기를 돌려야 한다. 나라 전체가 수력 발전에 의지하고 있기에 강의 수위가 내려가는 건기에는 전기를 얻을 수가 없다. 때문에 우리는 가끔 베이스의 발전기가 고장이 나면 주변에 있는 마마 유코 호텔 로비에서 인터넷도 사용하며 일을 하곤 했다. 2014년 12월 29일 오후, 일을 마치고 호텔에서 막 나오는데 동양 사람 서너 명이 들어오면서 나를 보고는 반가운 얼굴로 아는 체를 했다.

"한국인 맞으시죠? 어떻게 이 위험한 곳에 계세요?"

"저희는 작년 11월부터 긴급구호를 위해 들어와 있습니다. 어떻게 오셨어요?"

"이번에 우리 정부에서 의료진을 파견했어요. 저는 외교부에서 나왔습니다."

우리나라는 당시 세 차례에 걸쳐 의료진들을 파견하기로

국제 사회에 약속을 하고, 먼저 열 명이 2014년 12월 29일부터 진료를 시작했다. 이들은 프리타운 외곽 가더리치[Gaderich]에 있는 이탈리아 의료 구호 단체 '이머전시'가 운영하는 병원에서 일하고 있었다.

우리도 한국 의료진이 온다는 소식을 듣고 있었지만, 외교부에서 방문을 금하는 나라에 거주하고 있기에 조심스러워하고 있던 터였다. 한국 외교부는 긴급구호가 필요한 지역은 금지 국가라 해도 특별 허가를 받아 들어갈 수 있도록 하고 있다. 당시 우리 팀은 나를 제외하곤 모두 케냐인이고, 나 역시 케냐에서 잠시 조사차 오느라 특별 허가를 받을 틈이 없었다. 그러나 시에라리온에서 장기 거주 비자를 받고 이 나라 관할 공관인 나이지리아 한국 대사관에 보고를 해 놓은 상황이었다. 어쨌든 불필요하게 정부를 긴장시키고 싶지 않아서 조심하고 있었는데, 팀원 유니폼 상의에 부착된 태극기 때문에 피할 수 없이 인사를 하게 된 것이다.

"뉴스를 통해 의료진이 온다는 소식은 들었습니다. 이렇게 만나니 무척 반갑네요. 저희는 에볼라 치료 병원에 식수를 개발해 달라는 이 나라 정부 요청으로 한 달 전에 들어왔습니다."

"우리 국민이 있다는 소식을 듣지 못했는데, 만나서 깜짝 놀랐습니다. 외교부에서 파견된 원도연 과장입니다. 어려운 점은 없으신지요? 막 도착해서 오늘은 다른 약속이 있는데, 괜찮으시면 내일 아침 식사를 함께하시면 어떨까요? 이 나라엔 우리 대사관도 없어 도움 받으실 곳이 없을 테니, 저라도 힘이 될 수 있으면 좋겠습니다."

"저희는 이 나라 수자원부의 요청으로 정부와 양해 각서 MOU를 맺고 함께 긴급구호를 준비하고 있습니다. 특별히 어려운 부분은 없으니 염려하지 않으셔도 됩니다."

언론을 통해 한국 외교관들이 현지에서 불친절하다는 기사를 많이 접해 온 나는 이분의 겸손하고 따뜻한 마음에 감동을 받았다. 인솔 대장으로 할 일이 태산 같을 텐데 그 와중에 이렇게 마음을 열어 주는 것은 아무나 할 수 있는 일이 아니다. 우리는 내일 아침에 다시 만나기로 약속하며 명함을 서로 교환하고 헤어졌다.

다음 날 아침 나는 약속대로 호텔로 갔다. 그런데 약속 시간이 30분이 지나도록 그가 나타나지 않았다. 한참을 기다리다 의아한 마음으로 일어서려는데, 호텔 로비가 떠들썩거리며 한 무리의 사람들이 들이닥쳤다. 원도연 과장을 비롯한 한국인 몇 명과 호텔 지배인 등이 큰일이 난 것처럼 얼굴이 사색이 되어 이야기를 나누고 있었다. 그러다가 나를 발견한 원 과장은 그제야 생각났다는 표정으로 급히 다가와서 말했다.

"아, 죄송합니다. 저희 의료진에 심각한 일이 생겼어요. 일단 급한 불을 먼저 끄고 천천히 다시 만나야 할 것 같네요. 정말 죄송합니다."

그러고는 다시 사람들과 심각하게 무언가를 의논하기 시작했다. 나는 나중에서야 인터넷 뉴스로 긴급구호에 투입된 의료진 한 명이 에볼라에 노출되었다는 소식을 들었다. 사고는 12월 29일 저녁 7시, 긴급구호대 1진이 진료를 시작한 첫날, 에볼라 환자의 피를 뽑던 중 왼손 검지 부위가 주사 바늘에 직접 닿으면서 발생했다. 노출된 의사는 앰뷸런스와 경찰의 경호를 받으며 숙소에서 공항까지 이송되어, 미 국무부에서 운영하는 피닉스에어 응급 후송기를 타고 독일 베를린에 있는 샤리떼 의대 병원으로 이송되었다. 그 후 3주간 격리되어 감염 여부를 확인하고 음성으로 판명되어 귀국했고, 채혈받던 환자는 이후 사망했다고 알려졌다. 나와 만나기로 약속한 아침의 분주했던 상황이 바로 그 사건 때문이었고, 그 친절했던 원도연 과장을 시에라리온에서 다시 볼 수는 없었다. 아마도 독일 병원에 함께 가서 모든 상황이 마무리될 때까지 머물지 않았을까 생각된다. 그 후로도 한국 의료진이 두 팀 더 왔고, 우리는 그 호텔에 가는 것을 조심했다. 긴급구호를 위해 파견된 외교부 관리들에게 불필요한 부담을 주고 싶지 않았기 때문이다.

그리고 2개월쯤 지나 한국 의료진에 대한 기억이 뇌리에서 사라질 즈음, 어느 늦은 오후에 팀원들과 프리타운 백사장을 산책하고 있었다. 모처럼 좋은 날씨에 황혼을 즐기는 수백 명의 사람들이 백사장에서 걷거나 뛰고 있었고, 군데군데 청소년 무리들이 열심히 축구를 하는 모습도 보였다. 중국인도 많았고 유엔과 구호 단체에서 일하는 백인들도 많이 보였는데, 누군가가 우리의 발걸음을 멈추게 했다.

"한국 분이십니까?"

반대편에서 오던 사십 대 초반으로 보이는 두 명의 남성이 걸음을 멈추고 무척 반갑고 신기하다는 표정으로 질문을 던졌다. 당시 프리타운에 한국인은 나 혼자였는데, 에볼라가 시작되면서 한국 정부가 시에라리온과 라이베리아 그리고 기니에 있는 모든 한국인들을 철수시켰기 때문이다. 아차 싶어서 옆을 보니 함께 걷고 있던 마크의 유니폼에 선명하게 부착된 태극기가 눈에 들어왔다.

"네, 그렇습니다만, 어떻게 여기에 계신지요?"

"한국 의료진과 함께 와 있습니다. 저는 코이카 가나 소장 장우찬이고, 이분은 국군병원에서 오신 소령님입니다."

이번이 마지막 긴급구호팀으로, 국군병원 의료진으로 구성된 이들은 이번 주말에 철수한다고 했다. 장우찬 소장은 이미 팀앤팀을 잘 알고 있다며 반가워했다. 우리는 다음 날 점심식사를 함께하기로 약속하고 헤어졌다.

이 넓은 도시에서, 그것도 최대한 마주치지 않으려 노력했음에도 외교부와 코이카 사람들을 두 번이나 길에서 만나게 된 이 상황이 참으로 신기하게 느껴졌다. 이 만남이 그저 우연인 것인지, 아니면 혹시 어떤 목적이 있는 필연은 아닐지 하는 생각이 들었다.

우리는 다음 날 외교부 팀이 머무는 호텔에서 식사를 함께하고, 그다음 날에는 팀앤팀 베이스에 세 명의 의료진 책임자를 초청해 냉면과 상추쌈으로 저녁 식사를 대접했다. 그리고 그다음 날 오후, 마지막 의료팀을 태우고 공항으로 떠나는 배를 선착장에서 홀로 환송해 주었다.

코이카 에볼라 지원 사업

2015년 중반이 되면서 에볼라 역시 서서히 고개를 숙이기 시작했고, 많은 구호 단체들은 2015년 말이면 종료될 것이라는 낙관적인 기대를 갖게 되었다. 통상 3개월 정도면 긴급구호가 종료되는 것에 비해 2년 가까이 수백 개의 구호 단체와 유엔 기구가 총력으로 씨름한 열매가 비로소 보이기 시작했다. 매일 오륙십 명씩 발생하던 신규 환자들이 갈수록 줄어서, 이대로 감소한다면 5개월 내지 6개월 안에 긴급구호 상황이 종료될 수 있을 것 같았다. 통상 마지막 환자가 음성 판정을 받은 후 42일이 지나도록 다른 환자가 발생하지 않으면 세계보건기구는 '종식'을 공식적으로 선포한다.

문제는 시에라리온의 비위생적인 환경은 언제든 다시 전염병의 공격을 받을 수 있으며, 속수무책으로 당할 것이 분명하다는 사실이었다. 시에라리온 전역에 있는 3만여 개의 우물과 지하수 펌프 중 고장으로 방치된 1만 개 이상을 수리만 해도 상황은 현저히 좋아질 것 같았다. 인구가 6백만 명인 이 나라는 1년에 5개월이 우기라고 할 만큼 물이 풍성함에도 깨끗한 물을 얻을 수 없어서 고생한다. 큰 강도 많고 지하에도 충분한 수원을 가지고 있어 쉽게 식수 문제를 해결할 수 있지만, 부패한 지도자들에게는 강 건너 불구경일 뿐이었다.

긴급구호가 끝나 가면서 수자원부는 팀앤팀에게 더 큰 기대를 갖고 다가왔다. 긴급구호 종료와 함께 떠난 많은 단체처럼 우리도 철수하는지 걱정하며, 시에라리온은 식수 공급의 기초 인프라 건설이 절실함을 강조했다. 어느 날 수사원부 모임에서 장관이 찾아왔다.

"당연히 우리 정부가 해야 할 일이라는 것을 잘 압니다. 하지만 아직 우리 힘만으로는 할 수가 없어요. 어떻게든 더 도와주시면 고맙겠습니다."

수자원부 장관의 간절한 부탁을 거절할 수가 없었지만, 우리 역시 시에라리온에 긴급구호를 위해 들어왔기에 장기적으로 일하려면 더 많은 준비가 필요했다.

"장관님, 제 생각에는 한국 정부에 긴급 자금을 신청하는 것이 좋을 것 같습니다. 수자원부에서 에볼라 후속 사업 초안을 만들어 외교부 장관의 공식 편지를 보내면 가능성이 있을 겁니다."

장관이 반색을 하며 여러 가지 질문을 해 왔다. 알고 있는 내용을 잘 설명해 주었더니 기뻐하면서 내게 부탁을 했다.

"수자원부 기술팀에서 사업 계획서 초안을 만들 때 한국 정부 기준에 맞도록 도와주시면, 긴급구호 후속 사업으로 신청하겠습니다."

통상 국가 간 지원은 도움을 요청하는 나라의 해당 부서에서 사업 초안을 만들어 외교부 장관 혹은 재경원 장관의 공식 요청서와 함께 그 나라에 있는 한국 대사관에 보내면 된다.

우여곡절을 거치며 수자원부는 마침내 코이카^{KOICA, 한국국제협}^{력단}에 지원 서류를 접수하였다. 이 요청이 대사관을 통해 코이카 본부에 공식 접수되어 채택이 되면 전문가들의 타당성 조사와 몇 가지 중요한 검증을 거치는 데 2년 정도의 기간이 소요된다. 그리고 최종 통과되면 공개 입찰을 통해 관련된 사업을 하는 회사나 국가 기관(수자원공사, 농어촌공사, 환경 단체) 및 개발 NGO들의 경쟁을 거쳐 수행 단체가 결정된다.

인류의 양심을 보다

하지만 2015년 후반 시에라리온 정부로부터 사업 요청서를 받은 코이카는 에볼라 후속 사업으로 100만 달러의 특별 자금을 신속하게 지원하기로 결정했다. 에볼라로 파생된 국제 사회의 어려움이 너무 심각했기에 한국 정부 역시 시간을 끌지 않고 빠른 결정을 내린 것 같았다.

코이카 서아프리카 부서는 이 프로젝트를 12월 중순 공개 입찰에 올렸지만, 에볼라가 여전히 종료되지 않은 나라에 가고자 하는 단체는 없었다. 당시 시에라리온은 2015년 11월 7일 에볼라 종식을 선포했지만, 2016년 1월 15일 또다시 기니와 국경을 접하고 있는 포트로코와 캄비아에 환자가 발생했다. 이 사태는 곧 종료되었지만, 여전히 국제 사회는 예의 주시하고 있었다.

2016년 2월 중순, 한국 정부는 코이카를 통해 위의 두 지역을 위한 수자원 인프라 구축 프로젝트를 승인하고 100만 달러를 지원하면서, 팀앤팀이 사업을 수행하도록 결정했다.

시에라리온 팀앤팀은 2016년 3월부터 11월 말까지 신규 지하수를 20공 개발하고, 고장으로 버려진 펌프 460세트를 수리했다. 또 내부가 무너진 우물 40개를 보수했고, 460여 곳의 마을 주민들에게 보건 위생 교육을 시행함으로써 주어진 일을 성공적으로 수행했다. 이 사업을 통해 시에라리온 주민 약 30만 명이 깨끗한 식수를 공급받고 보건 위생 교육의 혜택을 누릴 수 있게 되었다.

에볼라 종료 그리고 시에라리온 사람들

2014년 11월 23일 시에라리온에 첫발을 디디며 시작된 팀앤팀 긴급구호는 2015년 12월 31일 일단 종료하고, 2016년부터 장기적인 에볼라 후속 사업으로 전환되었다. 휴일도 없이 긴급구호를 수행해야 했던 2015년 한 해는 정말 어려움이 많았지만 의미 있는 시간이었다.

우리 팀은 8~9월 장마철을 제외한 7개월 동안 60여 곳에 지하수를 개발하고 고장으로 버려진 수백 개의 펌프들을 수리했다. 전국의 많은 에볼라 치료 병원, 격리된 마을, 지역 보건소, 유엔에볼라사업단, 유엔개발계획, 유니세프, 세계식량계획, 영국국제개발협력단 등이 우리를 통해 깨끗한 식수를

▲ 시에라리온에서 첫 번째 관정 개발에 성공 후 후원자들에게 시에라리온 국민과 정부를 대신해서 감사의 경례를 하고 있는 필자.

인류의 양심을 보다

얻게 되었다. 많은 국제 기구 및 구호 단체들과 서로 밀고 당겨 주며 에볼라 박멸을 위해 함께 싸웠던 시간이 어두운 서부 아프리카를 밝게 비추는 희망의 빛이 되었으리라 믿는다.

어느 날, 한 통의 이메일을 받았다. 지난 한 해 동안 긴급구호를 위해 함께 싸워 온 스위스 구호 단체 '메드에어Medair'가 사업을 종료하고 철수한다는 내용이었다.

동역자들께 드립니다.

인도적 지원 단체 메드에어는 에볼라 긴급구호를 지원하기 위해 2014년에 시에라리온으로 왔습니다. 감사하게도 긴급구호 상황이 이제 종료되었습니다. 이제는 그동안 함께 수고하고 애쓴 우리 모두가 축하하며 서로 격려해야 할 시간이 된 것 같습니다. 아쉬운 결정이지만 메드에어는 시에라리온 긴급구호를 종료하면서, 여러분 모두에게 작별 인사를 드리고자 합니다. 저희 프로젝트는 공식적으로 12월 31일에 종료되며, 프리타운 베이스는 1월 말에 철수할 예정입니다.

2015년 12월 14일

메드에어는 우리와 비슷한 시기인 2014년 후반기에 들어와, 프리타운 근교 콘톨로 지역에서 구호 활동을 펼쳤다. 이들은 환자 치료뿐 아니라 회복된 환자와 격리되어 있는 주민들을 방문하여 정신과 상담까지 병행하면서 헌신적으로 일했다.

핸디캡 인터내셔널Handicap International 역시 2016년 2월 말에 철수한다고 알려 왔다. 이 단체는 환자 수송에 사용된 차량을 염소 소독수로 세척하는 일을 했다. 세척에 필요한 물이 모자란다는 긴급 요청을 받고 우리 팀이 급하게 두 공을 굴착해 준 파트너 단체다.

지난 2014년부터 긴급구호를 위해 함께 달려온 많은 단체들이 하나둘씩 철수를 시작했다. 매주 화요일 세계식량계획에서 열리던 물자 지원 전략 회의도 2015년 12월 9일을 마지막으로 종료되었다.

하지만 남은 단체들에게는 더 크고 중요한 숙제가 기다리고 있었다. 하루 빨리 전국 마을 단위에 깨끗한 식수 공급을 위한 인프라가 구축되지 않으면, 이 나라는 언제 다시 전염병의 공격에 쓰러질지 모른다. 식수와 보건 위생 분야에서 일하는 10여 개 NGO와 유엔 기구들은 수자원부를 중심으로 2주에 한 번씩 모여 예전보다 더 진지하게 머리를 맞대고 있다.

성실하고 열정적인 시에라리온 국민들

십여 년 동안 동아프리카에서 일하면서 시기와 경쟁이 아닌 서로를 배려하고 돌보아 주는 성숙한 공동체 문화가 나를 많이 돌아보게 만들곤 했다. 하지만 이들 문화 속에 깊이 자리하고 있는 '천천히Pole Pole' 사고방식은 긴급한 상황에서 일하는 우리에게 때론 답답하게 느껴지기도 했다.

반면에 시에라리온 사람들은 매사에 열정적이고 부지런하고 영리해서 마치 한국인과 함께 일하는 것 같았다. 이들은 예민하다고 할 만큼 청결을 유지하려고 했고, 그 누구도 일하면서 게으른 모습을 보이지 않았다. 어려운 문제가 발생하면

인류의 양심을 보다

온갖 머리를 다 짜내어 해결하기 위해 최선을 다하는 모습으로 나를 많이 놀라게 했다.

에브라임 Ebrahim 은 뛰어난 기계기술공으로 자동차 수리 공장에서 오랫동안 일했었다. 우리와 일하면서 장비에 문제가 생길 때마다 기가 막히게 수리해서, 어려운 고비들을 여러 번 넘을 수 있었다. 에브라임에게 이전 직장에 대해 물은 적이 있다.

"왜 지난번 직장을 그만두었지?"

"레바논 주인이 인격적으로 심하게 모멸감을 줘서 정말 힘들었어요. 저는 엔진 수리부의 책임 기사였는데 마음이 매일 부서졌어요. 아무리 수고해도 칭찬이나 격려를 한 번도 받지 못해서, 행복했던 적이 없어요. 아무리 돈을 많이 줘도 다시는 그곳에서 일하지 않을 거예요. 팀앤팀은 정말 가족 같아서 모두 주인 같은 마음으로 일하고 있어요. 사실 지금도 지난번 회사 사장이 월급을 더 주겠다고 연락이 오지만 전혀 갈 마음이 없어요."

그는 6개월 전, 병으로 아내를 먼저 보내고 어린 딸을 어머니에게 맡긴 채 우리에게 왔다. 밝게 웃는 모습을 볼 수 없었는데, 우리 공동체에 온 후 나날이 얼굴에 웃음이 살아나고 있다.

이사 Issa 는 우리 자동차를 꼬박 하루에 걸쳐 수리해 준 카센디 기술자였다. 곁에서 종일 작업하는 것을 시켜보니 어찌나 성실하고 꼼꼼하게 일하는지 감탄을 할 수밖에 없었다. 보조하는 녀석이 까탈스럽게 고집부려도 차분하게 설명하면서 자동차를 수리했다. 상당히 어려운 작업이었는데, 탁월하게 처리해서 나를 놀라게 했다. 중간에 틈이 날 때마다 사적인 질문을 하면서 그와 친해졌다. 이사는 에볼라로 외국인들이 떠나면서 일거리가 없어져 월급 받는 것도 어렵고, 다른 직장들도 사정이 비슷해 사는 게 정말 힘들다고 했다. 어려우면 연락하라고 명함을 주었더니 거절하고는 오히려 자기 전화번호를 주면서 말했다.

"상황이 힘드신데 연락하면 실례가 되니까, 혹 제가 필요하면 전화 주십시오. 주말이나 휴일에는 가서 차를 수리해 드릴수도 있습니다."

뜻밖이었다. 아프리카에서 외국인이 호의로 주는 명함을 거절하는 사람은 처음이었다. 당시 우리는 시에라리온 현지인들이 주축이 되는 지하수 개발팀을 준비하고 있었다. 허드렛일을 할 사람이 아니라 앞으로 시에라리온 현장을 책임질 사람이 필요했다. 어차피 기계를 다루는 일이었기에 자동차 정비 기술자를 최우선 순위에 두고 있었다. 그와 함께하면 좋겠다는 생각에 장난스럽게 질문을 던졌다.

"자네가 이 회사를 그만두면 주인이 서운해하지 않겠나?"

"아닙니다. 월급을 못 주는 상황에도 출근하는 직원들에게 식사는 제공해야 하니 주인은 홀가분할 겁니다. 이미 많은 직원이 떠났고, 남은 사람들도 갈 곳을 알아보지만 다들 상황이 비슷해서 어려운 시간을 보내고 있습니다."

그리고 2주가 지난 다음 이사에게 연락을 했고 우리와 일을 시작했다. 지금은 예전 회사에 비해 세 배나 많은 월급을 받으며 정말 행복하게 일한다. 꼭 주인처럼 책임감을 가지고 맏형같이 직원들을 돌보며 잘 이끌어 간다.

2016년 1월 16일, 나는 작업 중에 넘어지는 바람에 왼쪽 발목 뼈에 금이 가는 부상을 당했다. 할 일이 많이 쌓여 있었지만 어쩔 수 없이 깁스를 한 채 한동안 방 안에서 지내야 했다. 덕분에 예전에 쓴 글을 살펴보며, 이곳에서의 일도 정리하면서 이 책의 원고를 마무리할 수 있었다.

시에라리온 팀앤팀은 2016년 1월부터 장기 체제로 전환하면서 본부를 현장과 가까운 포트로코로 옮겼다. 나는 은행과 정부 및 타 단체들과의 관계를 위해 당분간 프리타운에 남아 있어야 했는데, 다친 다리 때문에 걸을 수 있을 때까지는 아부^{Abu}가 곁에 남아 도와주기로 하였다.

아부는 우리가 도착한 2014년부터 베이스에 같이 살면서 힘들고 어려운 시간들을 함께 이겨 온 시에라리온 1호 가족이다. 그동안 베이스에 있는 값비싸고 중요한 장비와 물자들을 주인처럼 잘 관리하면서 모두로부터 두터운 신임을 받고 있다.

이미 결혼해서 딸이 있는 아부는 지난주에 아내가 아들을 출산했다. 사실 작년 초에 3개월 된 아들이 말라리아로 갑자기 사망해서 모두 마음 아파했었기에 이번 출산은 더 큰 기쁨이었다. 출산 중 유아와 산모 사망률이 세계에서 1위인 이 나라에서는 건강하게 아이를 낳는 일조차 쉽지 않다. 도울 일이 없는지 아침에 방에 온 아부에게 물었다.

"아이는 건강한가?"

아부가 흥분해서 대답했다.

"네, 아주 건강하게 잘 자라고 있어요."

"이름은 뭐라고 지었지?"

"그렇지 않아도 내일 이름을 이맘에게 갖다 주면 호적에 올라가는데요, 아내가 '파더 리(Father Lee, 아프리카에서의 내 별명)' 이름을 아이에게 주면 어떻겠냐고 부탁했어요."

이맘은 이슬람교의 영적 지도자다.

케냐에는 아내의 이름을 가지고 있는 손녀가 있다. 아들처럼 오랫동안 함께 일하다가 현재 시에라리온 팀앤팀 책임자로 와 있는 요셉 아콜라^{Joseph Akola}의 둘째 딸이 '살마 태연 아콜라^{Salma TaiYeon Akola}'로 아내의 이름 '태연'을 가지고 있다. 아들이 내 이름을 갖는다면 '용주 코로마^{YongJoo Koroma}'가 된다.

"이 나라에서는 아이들의 이름을 보통 어떻게 붙여 주나?"

"대부분은 집안 어른의 이름을 붙이는데, 처가에 머물고 있는 아내와 그쪽 어른들이 파더 리^{Father Lee} 이름을 받고 싶어 해요."

부인으로부터 내 이름을 받아 달라는 요청을 받은 아부는 며칠 동안 망설이다가, 마침 내가 이름을 물어보자 용기를 내어 말을 꺼내곤 내 눈치만 보고 있었다. 잠시 생각할 시간이 필요했지만, 고마운 마음이 먼저 들었다.

"너무 큰 영광이지! 그런데 한국 이름이 부르기 쉽지 않은데 잘 생각해서 결정해. 'Lee'는 가족명이고 'YongJoo'가 이름이야."

아부는 기뻐하며 쪽지를 받아 갔다. 아프리카에 아들딸은 많다고 생각했는데, 생각지도 않게 손자가 생겼다.

시에라리온 사람들은 근본이 착하고 열정적이며 영리하다. 나는 그들에게서 이 땅을 새롭게 일구어 갈 희망을 발견하곤 한다.

대부분의 아프리카 국가들이 식민 지배에서 벗어난 지 50년이 넘었다. 많은 아프리카 지도자들은 자신들의 가난을 지금도 노예 무역과 식민 지배의 역사 탓으로 돌린다. 물론 아프리카가 겪고 있는 고통이 유럽인의 탐욕에서 비롯된 것을 부정할 수는 없지만, 언제까지 역사 뒤에 숨어 남의 탓만 하고 있을 수는 없다. 아프리카도 이제는 당당히 일어나 역사의 주 무대에 서야 한다. 아프리카가 성숙하게 자라 갈 수 있도록 이끌어 줄 참다운 부모가 절실하게 필요하다.

또한 지구촌 공동체가 여전히 어려운 아프리카를 위해 더 적극적으로 손을 내민다면, 멀지 않아 성숙해진 아프리카의 풍요로움을 함께 누리는 축복을 맛볼 수 있으리라.

4 〜〜〜 아프리카에

희망은
있을까?

아프리카
청년들
이야기

아프리카 공동체의 시작

가족은 돈으로 구입할 수 있는 상품이 아니어서 인위적으로 만들어지지 않는다. 자녀들은 부모의 사랑 안에 잉태되고 태어나며 조건 없는 보살핌으로 성장한다. 공동체 역시 이와 같아서, 함께 추구하는 비전과 가치관 안에서 구성원들이 태어나 정신적·영적으로 성인이 되며, 또 다른 공동체 자녀들이 새롭게 태어나고 자라는 통로가 된다.

공동체에는 육신의 안락함과 불편함, 세상의 행복과 불행을 초월하여 더 높은 꿈을 이루기 위해 함께 머무는 영혼의 집이 있다. 이 집은 세상 재물이나 명예로 구할 수 없는, 보이지 않는 재료로 건축되어 모두의 보금자리가 된다. 이 보금자리 안에서 공동체는 꿈을 꾸고 현실에서 그 꿈을 이루기 위한 삶을 치열하게 살아간다. 공동체가 추구하는 꿈이 순수하고 실현 가능하며 구성원들의 헌신이 깊고 서로의 유대감이 강할수록 공동체는 건강하다. 꿈을 꾸는 것은 쉽지만 현실의 난관 앞에서 타협하거나 물러서지 않는 강인한 정신을 잃지 않아야 언젠가 열매를 맺을 수 있다.

하지만 소박하게 시작된 공동체의 외형이 점차 비대해지면서, 가족 같은 친밀한 관계를 통해 운영하던 비전문적인 역량으로는 업무를 감당하기가 힘들어진다. 이를 극복하기 위해 점차 전문적인 업무 능력을 갖춘 새로운 구성원들이 많아지게 되는데, 그러다 보면 초창기 구성원들은 예전의 따뜻함을 느낄 수 없어서 당황하기 시작한다. 그리고 어느 날 문득 낯선 사람들 속에 외롭게 홀로 있는 자신을 발견하고, 예전의 보금자리가 변질되었다고 생각하면서 서서히 떠나기 시작한다. 공동체 지도자들은 어떻게 하든 예전의 소중한 가치관을 잃지 않으려 하지만, 많은 경우 피할 수 없는 현실의 어려움 앞에 결국은 타협하게 된다. 초심으로 돌아갈 수는 없지만 포기하고 무너질 수도 없는 딜레마 앞에서 생존의 길을 선택할 수밖에 없기 때문이다.

팀앤팀 역시 규모가 커지면서 몇 차례 공동체가 부서질 정도의 어려움도 있었지만 이를 극복하는 과정을 거치며 더 건강한 몸이 되곤 했다. 이처럼 공동체를 향해 다가오는 어려움을 굳이 부정적으로 볼 필요는 없다. 때론 너무도 믿었던 과거 핵심 구성원들이 어려움을 주기도 하지만, 이 또한 연약한 부분을 강하게 만드는 좋은 치료약으로 받아들이면 선물이 된다. 어린아이가 갑자기 어른이 될 수 없듯이 공동체 역시 몸살감기 같은 성장통을 겪으며 면역력을 갖춘 건강한 몸으로 자란다.

지금 이 글을 쓰고 있는 곳은, 나이로비에서 진행되는 '국제 지도자 캠프' 강당이다. 우리 공동체는 매년 두 차례 5월과 9월에 각 부서 책임자들이 한 주간 동안 함께 모이는 지도자 캠프를 갖는다. 이 기간에 각 나라와 지부들의 모습을 냉철하게 진단하면서 우리가 제대로 가고 있는지를 점검한다. 물론 지도자들의 역량을 강화하기 위한 정신적·실질적인 프로그램 또한 포함되어 있다. 우리 공동체는 처음부터 국적, 부족, 종교,

정치 및 학벌의 차별 없이 같은 환경에서 함께 살아왔다. 도중에 떠난 한국인도 많은데, 자신의 꿈을 찾아 떠난 이도 있지만 문화적인 갈등을 넘지 못한 것이 원인이 되기도 했다.

그동안 내부의 어려움뿐 아니라 현장에서 일어나는 많은 사고들 또한 우리의 존재 자체를 흔들 만큼 힘들게 했다. 심각한 교통사고와 강도의 공격으로 동료들이 쓰러질 때마다 주위에선 우리가 더 이상 일어서지 못할 것이라 염려하곤 했다. 아마 함께 걸어온 공동체 가족들이 없었다면 그 시간들을 극복할 수 없었을 것이다. 팀앤팀 지도자들은 이 모든 시간을 인내와 지혜로 헤쳐 온 성숙하고 강인한 용사들이다.

한국인을 만나고 싶어 했던 길마

에티오피아인 길마Girma는 팀앤팀 긴급구호 책임자이고, 진행되는 모든 사업의 현장 업무를 총괄하는 공동체 최고 지도자 중 한 명이다. 그는 2006년 우리가 남수단에서 식수 공급 프로젝트를 진행할 때, 같은 마을에 있던 영국 의료 구호 단체가 운영하는 메를린Merlin 병원 책임자였다. 올해 50살로 부친이 하일레 셀라시에 황제 근위대원이었던 길마는, 처음 만났을 때부터 마치 오래된 친구처럼 금방 친해졌다.

"오랫동안 한국인을 만나고 싶었습니다. 부친이 한국 전쟁 참전 용사여서 한국에 대해 많은 이야기를 들었거든요. 정말 반갑습니다."

1950년 한국 전쟁으로 민족의 운명이 풍전등화였을 때, 아프리카에서 유일하게 에티오피아가 전투병을 보냈다. 하일레 셀라시에 황제는 황실 근위대에서 자원하는 뛰어난 용사들로 파병 부대를 조직했고, 강뉴Kagnew 부대라는 이름으로 다섯 차례에 걸쳐 6,037명이 참전했다. 1951년 4월 13일 아디스아바바에서 열린 파병식에서 황제는 엄숙한 메시지를 전달했다.

"에티오피아가 항상 추구하는 세계 평화를 실현하기 위해 그대들은 오늘 먼 길을 떠난다. 가서 침략군을 격파하고, 한반도에 평화와 질서를 확립하고 돌아오라. 가서, 이길 때까지 싸워라. 그렇지 않으면 죽을 때까지 싸워라."

강뉴 부대는 253번 전투에서 253번 승리하면서 123명의 전사자와 536명의 부상자를 냈지만, 적에게 잡힌 포로가 단 한 명도 없었다. 모든 전투에서 이기든지 죽든지 하나만 선택했기 때문이다. 이들은 부대가 어려움에 처하면 장교와 부사관이 가장 먼저 적진으로 돌진해 포위망을 뚫었고, 전투 중 부상자와 사망자를 전장에 남겨 두지 않았으며, 포로가 발생하면 끝까지 추적해서 구출했다.

하지만 전쟁이 끝나고 고국으로 돌아갔을 때, 불행하게도 에티오피아는 7년의 극심한 가뭄으로 100만 명이 굶어 죽고 수많은 가축 떼를 잃어버리는 어려움을 겪고 있었다. 이후에도 계속되는 가난 속에 1974년 쿠데타가 일어나면서, 에티오피아는 공산 국가가 되었고 셀라시에 황제는 측근에게 독살되고 만다. 또한 한국전에 참전한 군인들은 공산주의와 싸웠다는 이유로 핍박을 받아 감옥에 가거나 재산을 몰수당했으

▲ 팀앤팀 케냐의 긴급구호 책임자인 길마. 부친이 한국 전쟁 참전 용사여서 한국에 대해 관심이 많았다.

며, 많은 사람들이 조국을 떠나 난민이 되기도 했다.

황제의 근위대원으로 한국 전쟁에 참전한 길마의 부친도, 후일 공산 정부에게 재물을 몰수당하고 핍박을 받아야 했다. 당시 성인이 되어 항공기 조종사 훈련을 받던 아들 길마 역시 핍박을 피할 수 없었고, 결국 조국을 떠나 케냐 국경에 있는 카쿠마 난민촌에서 난민의 삶을 살아가게 된다. 그 후 유니세프 수자원팀에서 새로운 삶을 시작한 길마는 스위스 정부의 인도적 지원팀을 거쳐 영국 의료 구호 단체 메를린에서 일했다. 마침 우리가 수자원 프로젝트를 하고 있던 남수단 보마의 메를린 병원 책임자로 오면서 우리와 최선을 다해 협력하며 마치 한 팀처럼 일했다. 아무도 도와줄 수 없는 전쟁터에서 우리는 서로 의지할 수 있는 유일한 전우였다. 팀원들이 차례 차례 말라리아로 쓰러질 때마다 길마가 직접 후송해서 치료해 주곤 했기에 그 어려운 작업을 성공적으로 끝낼 수가 있었다. 우리 역시 병원에 절대적으로 필요한 식수가 공급되도록 물탱크를 마당에 설치해 주었다. 우리 작업이 먼저 종료되어 남수단을 떠나던 날 활주로에 배웅 나온 길마에게 말했다.

"팀앤팀 문은 언제나 열려 있습니다."

길마가 대답했다.

"때가 되면 찾아가도록 하겠습니다."

그 후, 메를린과의 계약이 종료된 길마는 2008년 어느 날 나이로비 사무실로 찾아왔다.

"때가 된 것 같습니다. 여전히 저에게 문이 열려 있는지요?"

"물론입니다. 오랫동안 함께할 마음으로 온다면 언제든 환영합니다."

우리는 예전 보마에서 지내던 추억을 나누며, 시간 가는 줄 모른 채 즐겁게 이야기를 나누었다. 길마는 메를린과의 계약이 끝난 후 와일드라이프^{Wildlife}라는 야생 동물 보호 단체에서 일을 했다고 한다. 헤어지기 전에 웃으면서 길마에게 백지를 내밀었다.

"우리에게 원하는 조건을 적어 주면 좋겠습니다."

길마 역시 웃으면서 백지를 돌려주며 말했다.

"저에게 바라는 것과 주실 수 있는 것을 알려 주시면 따르겠습니다. 제가 일했던 유엔이나 유럽 단체와 같은 대우를 기대했다면 오지 않았을 겁니다. 남수단에서 제가 보았던 팀앤팀 가족 공동체가 좋아서 왔습니다."

길마는 우리와 고용 계약서를 쓴 적이 없다. 직원이 아닌 가족으로 들어왔기 때문이다. 그는 그동안 에볼라가 무섭게 확산되는 시에라리온에서 수개월간 몸이 부서져라 일하다 병이 들어 나이로비로 긴급 후송되기도 하고, 난민촌 프로젝트를 위해 오랫동안 힘든 환경에서 생활하기도 하였다. 한때는 광야에 사는 유목 민족 여러 마을에 축구장 크기의 빗물 저수지를 만들어 주면서 먼지바람 속에 나와 함께 텐트에서 1년을 보낸 일도 있다. 길마에게는 가족으로 에티오피아에 살고 있는 부인과 두 딸, 그리고 막내아들이 있는데, 방학 때면 모두 나이로비에 와서 몇 개월 동안 영어 학원에 다니기도 한다. 그리고 때로는 한국을 방문해서 참전 용사이신 할아버지

의 추억이 담겨 있는 춘천 에티오피아 참전 기념탑을 방문하
기도 한다. 길마네 가족은 팀앤팀 공동체 안에서 국적을 초월
한 소중한 교제 속에 살아가고 있다.

좋은 지도자가 나라를 이끌어야 한다

케냐가 괄목할 만한 경제 성장을 이루고 정치적으로 안정될
수 있었던 것은 좋은 지도자들 때문이다.

사실 케냐는 과거 제 2대 아랍 모이^{Arab Moi} 대통령의 24년 독
재 시절을 거치며, 정치적으로 민주주의가 쇠퇴하고 경제가
바닥까지 떨어지는 불행한 시기를 겪었다. 이 기간에 대통령
을 비롯한 측근 세력들이 관여한 전방위적인 부정부패는 나
라를 철저히 망가뜨렸다.

아랍 모이 대통령은 영국 식민지 시대에 쓰였던 모든 악법
을 다 동원해서 철권통치를 했다. 사람들이 아홉 명 이상 모
일 때는 반드시 당국의 허가를 받아야 했고, 정적들은 철저
히 제거되었다. 후일 위키리크스^{Wikileaks}는 대통령의 가족과 측
근들이 뉴욕과 런던에 가지고 있는 부동산과 벨기에 은행, 호
주 목장 등에 투자한 엄청난 내역을 밝히기도 했다. 결국 모
이 대통령이 집권한 24년간 케냐는 모든 영역이 부패로 얼룩
진 부패 공화국으로 전락하고 말았다. 케냐에 원조를 해 주던
국가들이 장관의 숫자를 절반으로 줄이지 않으면 더 이상 원
조를 할 수 없다고 경고했을 정도였다. 영국 식민지에서 벗어

난 이후 국제 사회가 케냐에 쏟아부은 원조는 줄잡아 160억 달러에 이르지만, 대부분 부정부패로 소진되었다고 평가되고 있다.

그 후 2002년 선거를 통해 지배 부족인 기쿠유의 지원을 받은 키바키 대통령이 당선되어 5년을 통치했다. 그리고 2007년 다시 재선에 도전했지만, 개표 초반의 결과는 대통령뿐 아니라 집권당 국회의원들까지 처참하게 패배하는 상황이었다. 케냐는 대통령과 국회의원 선거를 동시에 하는데, 권력을 포기할 수 없었던 키바키 정부는 돌연 개표를 전면 중지했다. 그리고 사흘 후에 터무니없이 집권당이 압도적으로 승리하는 개표 현황을 발표하면서 온 나라가 내전 상태가 되어 버렸다. 이 혼란 속에 1,400여 명이 살해당하고, 집을 떠난 실향민이 60만 명이나 발생했다.

혼란스러운 정국이 이어지던 중 유엔 사무총장 코피 아난의 중재로 키바키 대통령이 야당 후보 라일라를 총리로 임명하면서 연합 정부를 구성하게 된다. 내각 또한 대통령과 총리가 각각 20명씩의 자기 측 장관을 지명하는 연합 내각이 구성되었다.

그러나 모든 혼돈을 잠재우고 사회를 안정시킨 가장 강력한 존재는 케냐 각계각층의 지도자들이었다. 당시 국영 텔레비전과 라디오는 온종일 경제, 사회, 종교 지도자들의 대담을 통해 부족 갈등에서 빨리 벗어나 안정을 찾을 수 있도록 국민들을 이끌었다. 방송에서 나누는 이들의 수준 높고 균형 잡힌 지도력을 보면서 이 나라의 잠재력을 확인할 수 있었다. 사회 및 종교 지도자들은 언론을 통해 정치 지도자들에게 쓴소리를 던져 주면서 하루 속히 나라가 회복되도록 정치 지도자들을 압박했다.

"사랑하는 우리의 조국, 케냐 공화국이 불타서 잿더미로 변해 가고 있고, 경제는 마비 상태이며, 파괴의 군홧발이 전국 각지에서 행진하고 있습니다. 상황이 이러함에도 재난을 부추긴 지도자들은 나이로비의 안락한 호텔 방과 높다란 담벼락이 둘러친 자신의 거처에서 마음에도 없는 성명이나 내놓고 있습니다."

지도자는 어떤 사회, 어떤 집단에서도 현재와 미래의 운명에 절대적인 영향을 주는 존재다. 역사적으로도 지도자에 따라 나라의 명운이 바뀌었고, 조직의 운명이 결정되었다.

오랫동안 아프리카 오지에서 식수 공급 사업을 진행하면서 늘 가졌던 딜레마는 '이 비참한 상황을 누가 근본적으로 해결해 줄 수 있는가?' 하는 질문이었다. 식수를 공급하고 마을 개량 사업을 통해 주민들의 당면한 고통을 덜어 주는 것 또한 시급하고 중요한 일이지만 본질적인 문제를 해결할 수는 없다. 이런 일은 정부가 장기적인 계획을 가지고 추진할 일이지, 개인이나 단체가 할 수 있는 영역이 아니다. 좋은 지도자들이 나라를 이끌어 가지 않으면 국민들은 이런 악순환의 고리에서 영원히 벗어날 수 없을 것이다.

좋은 정부를 유엔, 구호 단체, 선교사들이 만들어 줄 수는 없다. 이들은 상처 난 곳에 약을 발라 줄 수는 있지만, 건강하고 안전한 환경 자체를 만들지는 못한다. 많은 외국인들이 아프리카에 들어와 수백 년간 헌신적으로 이 땅을 도왔다. 이들이 없었다면 아프리카는 훨씬 어려운 상황이 되었을 것이다. 하지만 현재 아프리카는 외국에 대한 높은 의존성 때문에 'NGO 왕국'이라는 부끄러운 별명까지 갖게 되었다. 아프리카를 변화시킬 수 있는 유일한 길은 이 땅에서 좋은 지도자들이 일어나는 것이다. 훌륭한 지도자와 그에 걸맞은 국민들이 힘을 합쳐 간다면, 아프리카는 머지않아 진정한 변화를 통해 건강한 땅이 될 수 있으리라!

부르키나파소의 놀라운 지도자, 토마스 상카라

서아프리카를 여행하다 보면 토마스 상카라Thomas Sankara라는 이름이 새겨진 건물, 자동차, 여객선 등을 쉽게 볼 수 있고, 심지어는 담벼락에도 그 이름이 새겨져 있다. 토마스 상카라는 가난하고 부패한 아프리카 사람들이 암울한 조국의 현실에서 밝은 미래를 볼 수 있도록 빛을 비추어 준 부르키나파소의 놀라운 지도자였다.

1949년 12월 21일, 가난한 집안에서 태어난 상카라는 열아홉 살에 낙하산 부대의 장교로 근무하면서 총체적으로 부패한 조국에 깊은 문제의식을 가지게 되었다. 사회주의를 통해 문제를 해결할 수 있다고 믿은 상카라는 군부 내에 '공산주의 장교 그룹'을 만드는 등 본격적으로 사회 개혁에 참여하기 시작했다. 하루가 멀다 하고 새로운 쿠데타로 정권이 바뀌던 나라에서, 1982년 11월 쿠데타로 집권한 군부 정권은 민중이 신뢰하는 상카라를 총리로 임명하였다. 하지만 집권 세력은 대

중의 전폭적인 지지를 받으면서 자신들과 다른 가치관을 지닌 상카라와 대립하게 되었고, 결국 그를 가택 연금하기에 이른다. 상카라를 지지하던 국민들의 분노는 민중 봉기로 이어졌고, 결국 상카라는 정치적 동료 콩파오레Compaore와 함께 쿠데타를 일으켜 제5대 대통령으로 취임하였다.

취임 직후 상카라는 '오트볼타'라는 식민지 시대의 국명을 '부르키나파소(정직한 사람들의 나라)'로 개명하면서, 모든 영역에 자리 잡은 부패를 척결하며 광범위한 국가 개혁을 시작했다. 우선 사회주의 경제 정책으로 국가 경제를 일으켰으며, 행정 개혁을 통해 전국을 30개 자치구로 나누고 전폭적인 자치권을 부여해 국민이 주인이 되는 '자주 관리 정책'을 시행하였다. 가난을 추방하고 문맹을 퇴치하기 위해 모든 마을에 학

▲ 33세의 나이에 부르키나파소의 지도자가 되어 밝은 미래를 꿈꾸었던 토마스 상카라의 생전 모습.

아프리카에 희망은 있을까?

교를 세우고 보건소를 설치하여, 250만 명에 달하는 아이들에게 예방 주사를 무상 접종시키고 전 국민에게 보건 위생 교육을 실시하였다. 경제 개혁으로는, 식민지 시대의 인두세를 폐지하고 국민들에게 토지를 재분배하는 작업을 시행하면서, 도로와 상하수도 건설 등 사회 기반 시설을 광범위하게 일으켜 국가 경제를 활성화했다. 사회 개혁에도 괄목할 만한 업적을 남겼는데, 일부다처제를 금하고 여성의 할례를 법적으로 금지시키며 피임을 장려하고, 에이즈의 실체를 아프리카 최초로 정부 차원에서 인정하면서 국제 사회의 지원을 요청하였다.

상카라의 이러한 개혁 정책이 열매를 맺어, 집권 4년 만에 부르키나파소는 서아프리카에서 처음으로 식량을 자급자족하는 국가가 될 정도로 경제가 살아났다. 그러나 이런 개혁 정책이 주변국 독재자들에게 심각한 위협이 되었는데, 상카라의 영향을 받은 자국의 개혁 세력들이 봉기를 일으킬까 두려웠기 때문이다. 미국 또한 이런 개혁을 통해 아프리카 전체에 반미적 사회주의가 확산되는 것을 두려워하면서, 이해관계가 일치하는 주변국 독재자들을 차례차례 포섭하였다. 결국 1987년 10월 15일, CIA에 매수된 상카라의 동료 콩파오레가 쿠데타를 일으켰고, 상카라는 39세의 나이로 살해되고 말았다. 상카라의 죽음 이후 부르키나파소는, 불행하게도 다시 세계 최빈국으로 추락하였다. 정권을 잡은 콩파레오가 상카라 정부의 개혁 정책들을 모두 폐지하면서 예전의 가난한 시절로 돌아갔기 때문이다. 상카라를 살해한 콩파오레는 그 후 26년 동안 독재 정권을 유지하며 부르키나파소를 끝날 줄 모르는 고난으로 몰아갔다.

상카라는, 아프리카의 진정한 주인은 아프리카인이며 스스로 주인이 되어 나라를 이끌어 갈 때 얼마나 놀라운 일이 일어날 수 있는지를 명확하게 증명해 보였다. 좋은 지도자 한 명이 아프리카를 바꿀 수 있고, 세상을 변화시킬 수 있다. 아프리카 청년들 내면에 잠재되어 있는 놀라운 능력을 개발해서 수천 수만의 상카라가 일어날 수 있도록 돕는 일이 너무나 절실하다.

아프리카의 변화를 강렬히 원한 제임스

팀앤팀 케냐 책임자였던 제임스 무리우키James Muriuki는 초창기부터 함께 걸어온 공동체의 핵심 가족이다. 타고난 좋은 성품으로 아프리카와 한국인 가족 모두의 사랑과 두터운 신임을 받는 그는 나이로비 대학 지리학과를 나온 인재다. 우리 공동체에 들어온 후에 양재를 하는 훌륭한 아가씨와 결혼해 아들과 딸 두 아이를 둔 가장이요 아빠이기도 하다. 팀앤팀 베이스에 방이 많다 보니 제임스 가족이 들어와 바로 내 앞 방에서 생활했기에 우리는 한 가족처럼 친밀하게 지냈다. 네 살짜리 아들이 얼마나 개구쟁이인지 잠깐 비어 있는 사이에 사무실을 엉망으로 만들어 놓아 모두의 골칫거리가 되기도 했다. 그럼에도 두 아이가 늘 뛰놀고 있어서 베이스에는 언제나 활기가 넘쳤다.

어느 날, 사무실에 들어가니 제임스는 내가 들어온 것도 눈치채지 못하고 근심 가득한 얼굴로 종이 한 장을 뚫어지게 보고 있었다.

"하늘이 무너지기라도 했나? 왜 그리 심각해?"

늘 웃는 얼굴로 누구와도 불편한 관계를 맺지 않는 친구라서 장난을 걸었는데, 미처 대답을 못한 채 당황해하며 종이를 감추려 했다.

"내가 보면 안 될 서류인가 보네?"

"아니에요. 은행에서 받은 서류인데 그냥 살펴보는 중이에요."

"은행? 이리 줘 봐. 내가 도와줄 수 있는지 볼게!"

보여 주지 않으려 하는 제임스 손에서 겨우 받아 본 서류는 은행에서 보낸 융자금 지불 요청서였다. 제임스가 조심스럽게 말했다.

"대학 4년 동안 정부에서 융자해 준 학자금 내역서예요. 직업을 갖게 되면 매달 은행에 갚아야 하는데, 아무리 해도 이자 때문에 원금이 줄어들지 않네요."

케냐 정부는 대학교에 입학하면 누구에게나 학자금을 융자해 주는데, 졸업하고 취직을 하면 매달 월급에서 지불하도록 되어 있다. 국립 대학은 100퍼센트 학비 융자를 받을 수 있어서 학비 부담은 없지만, 기숙사비와 생활비는 큰 부담이었다. 융자받은 액수가 약 2천 달러 정도였는데, 고향에 계신 어머니와 동생들을 돌봐야 하는 제임스에겐 꽤나 부담스러운 금

액이었다. 그리고 중고등학교 학비, 대학교 기숙사비와 생활비를 도와준 삼촌의 자녀들도 돌봐야 하니, 은행에 갚을 여유는 거의 없을 것이 뻔했다.

제임스는 1969년, 어머니가 세 명인 일부다처 집안의 두 번째 부인에게서 태어났다. 아버지는 직업 군인이었는데 어쩌다 집에 올 땐 항상 만취 상태여서, 어머니와 자녀들을 구타하며 괴롭히곤 했다. 결국 부모님은 제임스가 열 살 때 이혼을 했고, 어머니는 제임스와 두 동생을 데리고 외할아버지 집으로 가서 살았다. 당시 할아버지 역시 가족들이 겨우 생존할 수 있는 정도의 농사만 짓고 있었기에, 제임스는 공부를 포기하고 할아버지의 소를 돌봐야 했다. 어머니도 아이들을 먹여 살리기 위해 동네 농장에서 일하고 감자나 고구마를 얻어 오면서 연명했다.

제임스는 공부를 좋아했지만 거의 2년간 학교에 가지 못하고 일을 하다가, 재능을 아깝게 여긴 독지가의 후원으로 다시 공부를 시작하게 된다. 그리고 삼촌의 도움으로 가까스로 고등학교를 마치고 동아프리카에서 최고의 수재만 들어간다는 국립 나이로비 대학 지리학과에 입학을 한다. 하지만 대학교부터는 학자금을 융자받아 겨우 졸업을 해야 했고, 그 돈은 고스란히 제임스가 갚아야 할 빚이 되었다.

2007년 1월의 어느 날, 나는 제임스에게 편안한 마음으로 질문을 했다.

"팀앤팀이 여러모로 안정이 되는 데 자네가 큰 몫을 했네. 이제 현장팀의 전문성은 어떤 단체에 비해도 부족함이 없을 정도로 성장했지만, 우리 힘만으로 아프리카를 얼마나 바꿀 수 있겠나? 아프리카 청년 지도자들이 많이 일어나서 스스로 이 땅을 변화시키지 않으면 안 된다는 걸 모두 알고 있지. 이제 우리가 그 일을 시작할 때가 된 것 같은데, 자네 생각은 어떤가?"

망설일 줄 알았던 제임스는 의외로 반색을 했다.

"오랫동안 제 마음 깊은 곳에 있던 꿈이 바로 청년들을 일으키는 일이었습니다."

제임스는 대학을 졸업한 다음 해에, 오랜 케냐 친구 폴Paul의 소개로 우리에게 왔다. 긴급구호 현장의 험하고 위험한 일에 적합한 사람은 아니지만, 사무실의 현장 지원 업무를 하면서 타고난 착한 성품과 성실함으로 모두의 신뢰를 받았다. 시간이 날 때면 한국 팀원들에게 영어를 가르쳐 주기도 하면서 다

▲ 대규모 대학생 집회인 하베스트 컨퍼런스에서 학생들에게 연설하고 있는 제임스.

문화 공동체에서 일어나는 문화 장벽을 넘어설 수 있도록 도왔고, 낯선 아프리카에서 우리가 자리 잡는 데 많은 힘이 되었다.

"내 생각에는 캠퍼스에서부터 시작하는 게 좋을 것 같은데, 자네가 졸업한 나이로비 대학이 그 중심에 설 수 있다면 가장 큰 힘이 되지 않을까 생각하는데……."

"대학 때 4년 동안 서클 지도자로 일을 해서 많은 네트워크를 가지고 있어요. 나이로비 대학은 20년이 넘는 독재 정권과의 투쟁에서 물러서지 않았고, 조국을 변화시켜야 한다는 책임감을 늘 가지고 있습니다. 제 생각도 같아요."

"자네가 이 학생 운동을 이끌 적임자 같은데, 책임을 맡아 줄 수 있을까?"

"해 볼게요. 아마 놀라운 일이 일어나지 않을까 생각됩니다."

사실 그동안 제임스는 팀앤팀을 좋아했지만 맡은 업무가 적성에 맞지 않아서 힘들어했는데, 이제 정말 원하는 일을 하게 되었다며 기뻐했다. 팀앤팀은 그동안 제임스와 함께 일해 온 사무엘Samuel이 책임자가 되었고, 제임스는 새로 시작하는 청년 대학생 운동을 맡아서 업무를 시작했다.

그리고 수고한 제임스를 격려하는 선물로 융자받은 학자금을 지불해 주어서 새롭게 시작하는 제임스의 마음을 가볍게 해 주었다.

그때부터 우리는 나이로비 대학을 중심으로 여러 단과 대학 캠퍼스 지도자들과 매일같이 만나 꿈을 나누기 시작했다.

마치 기다리고 있었던 것처럼 대부분의 캠퍼스가 적극적으로 문을 열었고, 예상외로 많은 청년들이 호응하였다. 우리는 어떻게 아프리카를 변화시킬 수 있는지, 때로는 밤늦게까지 진지하게 토론을 벌였다. 청년들은 팀앤팀이 지난 10년 동안 광야와 사막, 남수단 전쟁터에서 일하면서 남긴 사진과 동영상을 보며 심각하게 고민하기 시작했다.

"우리가 살고 있는 아프리카에 대해 잘 모르고 있다는 게 부끄러울 뿐입니다. 외국인들이 이렇게 목숨을 바쳐 돕고 있는데, 우리는 무엇을 했는지 아프리카 젊은이로서 할 말이 없습니다."

그동안 국가에서 베푸는 교육 혜택에 만족하면서 이기적인 세속의 성공만을 꿈꾸며 살던 이들 마음에 사회와 국가에 대한 진정한 책임 의식이 싹트기 시작했다. 아프리카에서는 똑똑한 사람이 나오면 학비를 지원하기 위해 가족, 친척, 때로는 온 마을이 합력한다. 당연히 공부를 마치면, 받은 혜택에 보답을 해야 하기에 주변의 기대를 저버리고 자기만의 길로 가는 것은 정말 어렵다.

2007년 말에는 부정 선거 이슈로 모든 대학이 폐쇄되고, 교내외 학생 모임이 전면 금지되었다. 나이로비 전역이 시위하는 군중들로 종일 어지러울 때여서 학생들을 쉽게 만날 수도 없었다. 우리가 살던 아파트 바로 앞에는 주유소가 있었는데, 하루는 시위대가 주유기를 강제로 넘어뜨리고 불을 붙이려 하는 모습을 창밖으로 보면서 놀란 적이 있다. 그동안 부패한 권력층에 짓눌려 살던 시민들의 분노가 한꺼번에 폭발한 것이다. 하지만 이 일을 통해 사회 전체에 좋은 지도자가 얼마나 중요한지 절실하게 깨우치는 계기가 되었다.

한자리에 모인 아프리카 청년들

"그동안 마음을 함께 나눈 친구들이 다 같이 모이는 자리를 만들면 어떨까요? 우선 나이로비 주변 캠퍼스를 중심으로 시작해서, 점차 케냐 전 대학으로 확산시켜 나가면 좋을 것 같습니다."

그동안 청년 대학생 운동의 핵심 역할을 해 온 나이로비 대학생 십여 명이 이구동성으로 이야기했고, 그중 가장 중심에 있었던 킴Kim이 적극적으로 제안을 했다. 킴은 나이로비 대학 약대를 졸업하고 제약 회사에 다니고 있었는데, 지방 출장만 없으면 빠짐없이 참석해 후배들을 격려하곤 했다.

그리고 그간 각 대학에서 적극 참여한 캠퍼스 지도자들은 긴 토론을 거쳐 모임의 이름을 'Student Arise Movement' 줄여서 '쌤SAM'으로 정하고, 2008년 5월 23일부터 사흘간 창립 컨퍼런스를 열기로 결정했다. 학생들이 모두 돌아간 후 제임스에게 물었다.

"대략 몇 명이나 모일 것 같고, 비용은 얼마나 필요할까?"

"케냐 사람들은 처음 시작하는 모임엔 참석을 주저하는 경향이 있는데, 그래도 300명 정도는 올 듯하고 5천 달러 정도면 될 것 같습니다."

"텐트를 치고 야영하는 게 아닌데, 정말 5천 달러로 300명에게 숙식을 다 제공할 수 있단 말인가?"

정말 궁금해서 농담 삼아 질문하는 내 말에 제임스는 진지하게 대답했다.

"지금까지 여러 번 학생들과 집회를 했는데, 그 정도면 충분합니다. 학생들이 더 많이 오고 좋은 장소에서 한다고 해도 8천 달러 이상은 들지 않을 겁니다."

나중에 제임스가 보여 준 집회 장소를 보고야 비로소 왜 이 비용으로 충분하다고 말하는지 이해가 되었다. 나를 데리고 간 곳은 흙벽돌로 대충 지은 변두리 기술학교였는데, 수준 높은 집회가 불가능해 보였다. 일단 전기 공급이 되지 않아서 음향 장비를 설치할 수 없었고 숙소 역시 열악하고 비위생적이었다.

"일단 거리가 너무 멀어서 학생들이 오는 게 힘들 것 같고 전기 공급이 안 돼 음향 장비 사용이 어려운데, 혹시 나이로비 근방 대학교 기숙사를 빌릴 수는 없을까?"

"대학교 기숙사는 비용이 많이 들 것 같은데 괜찮겠습니까?"

"일단 적합한 장소를 찾고 나서 비용은 그때 가서 고민해 보도록 하지."

첫 번째 집회는 300명 기준으로 장소를 섭외하고 학생들을 동원하기로 잠정 결정을 했다. 준비위원회 멤버들은 팀을 나누어 여러 캠퍼스를 방문하면서, 본격적으로 2008년 5월 창립 집회를 위한 준비를 시작했다.

"좋은 지도자들이 일어나지 않으면 아프리카의 미래는 없습니다."

학생들 가슴에 쌤SAM의 불길은 서서히, 그러나 강렬하게 붙기 시작했다. 한국을 비롯하여 캐나다, 미국, 호주, 그리고 인도에서도 이번 창립 집회를 위해 필요한 재정을 지원해 주었고, 여러 가지 기술적인 지원에 관심 있는 사람들이 모이기 시작했다. 생각보다 많은 사람들이 청년들을 일으키는 일에 관심을 가지고 참여했다. 악기를 기증하는 회사도 있었고, 직접 아프리카에 와서 음향을 돌봐 주고 필요한 디자인을 만들어 주기도 했다. 큰 규모의 재정을 선뜻 기쁨으로 후원해 어려운 고비를 넘길 수 있도록 도와준 고마운 손길들도 잊을 수가 없다.

드디어 5월 23일, 아프리카 대학생 400여 명과 한국 청년 40여 명이 모인 가운데 제1회 쌤SAM 컨퍼런스가 나이로비 근교 기술대학교에서 예정대로 열렸다. 첫 번째 모임을 돕기 위해 오랫동안 청소년들을 위해 일해 온 유스코스타의 천태혁 총무가 적극 지원했다. 천 총무는 아프리카를 이해하기 위해 남수단 우리 현장을 방문하고 나이로비에서 대학생 지도자들을 만나 많은 가르침을 주었다. 특히 모임을 위해 한국에서 좋은 강사들을 초빙하고, 음향 장비와 무대 장치 등 행사 진행에 필요한 각 분야 전문가들을 초빙해서 수준 높은 모임이 되도록 수고를 아끼지 않았다. 모임은 예상보다 더 놀라운 시간이 되었다. 애초에 우리는 학생들이 아프리카에 대해 더 강한 책임감을 가질 수 있도록 기획했지만, 의도와 다르게 모임은 학생들 가슴에 가득한 분노를 녹여 내는 시간으로 채워졌다. 마지막 시간은 자원하는 학생들이 나와서 자신들에게 일어난 일을 나누는 순서였는데, 한 학생이 단상에 올라와 돌연 통곡을 하면서 울부짖었다.

"여기에는 지난번 부정 선거 혼란 때 내 부모를 살해한 부족에서 온 친구들도 있습니다. 오랫동안 용서할 수 없어서 고통스러웠는데, 이제 용서합니다."

한 명이 이야기를 시작하자 줄지어 나와서 비슷한 고백을 하기 시작했다.

"저 역시 오랫동안 복수심과 증오로 인해 견딜 수 없이 괴로운 시간을 보내야 했는데, 이제 모두를 용서합니다."

눈물을 흘리며 고백하는 모습에 모두 숙연해졌고, 학생들이 계속 올라오면서 같은 고백을 하느라 모임을 마칠 수가 없었다. 증오와 분노로 갈라졌던 사회가 작은 무리에서부터 다시

▲ 제1회 쌤SAM 컨퍼런스에서 서로 다른 부족에 속한 학생들이 용서하며 화해하는 모습.

하나로 뭉치는 감동적인 모습을 볼 수 있었다. 우리는 모두 일어나서 서로를 찾아다니며 마음속의 무거운 짐을 서로 고백하고 용서하는 시간을 갖도록 했다. 모임은 순식간에 눈물바다를 이루며 통곡의 물결로 가득했다.

부모를 죽인 원수 부족을 용서하는 것은 정말 어려운 일로, 깊게 뿌리내린 분노를 다스릴 수 있는 용기가 필요하다. 이는 부족으로부터 비겁한 불효자로 매도되는 일이기에, 아프리카와 같은 가족 공동체에서는 더더욱 어렵다. 부모의 원수를 성인이 된 자식이 되갚아 주는 것은 자녀의 당연한 의무라고 배우며 자랐기 때문이다. 아프리카 부족 갈등이 평균 20년마다 반복된다는 통계가 있는데, 이는 어릴 때 부모의 살해 현장을 목격한 아이들이 성장하는 데 필요한 시간이라고 한다.

1994년에 있었던 르완다 대학살 이후 그 땅을 방문했던 기억이 있다. 불과 3개월 동안 100만 명 가까이 학살이 일어난 거리 곳곳에는, 졸지에 부모를 잃은 아이들의 살아 있는 친척들을 찾는 벽보가 가득 붙어 있었다. 그 당시에 초등학교 아이들을 대상으로 조사했던 설문 내용을 보면 마음은 더욱 무거워진다. 눈앞에서 부모를 비롯한 누군가가 살해당하거나 사람의 팔다리가 절단되는 것을 본 아이들, 살려 달라는 절박한 비명을 들어 본 아이들, 직접 죽음의 공포를 느껴 본 아이들, 죽은 시체 밑에 숨어서 생명을 건진 아이들이 100명 중 70~80명이나 되었다. 이 많은 아이들의 마음 안에 얼마나 큰 고통과 분노와 두려움이 자리하고 있을지 상상하는 것만으로도 힘겨웠다. 그 속에서 살면서 형성된 분노와 두려움은 저절로 사라지지 않는다.

　온갖 종류의 내전과 분쟁으로 얼룩진 아프리카의 현실, 그 속에서 살아오며 느낀 분노와 두려움은 시간이 지난다고 사라지지 않으며, 복수를 한다고 없어지는 것도 아니다. 분노는 마음 깊은 곳에 있는 상처의 외적인 모습이기에 치유를 통해 회복되는 것이지, 복수를 통해 몰아낼 수 없다. 복수할 때의 정서적인 카타르시스가 흡사 분노를 없앴다고 착각할 수 있지만, 실은 자신의 영혼에 더 깊고 큰 상처를 새겨 놓을 뿐이다. 복수는 분노의 불길에 휘발유를 뿌리는 것과 같아서 결국 자신 또한 그 불길에 희생되고 만다. 진정한 치유는 더 높은 차원에서 이루어지는 용서를 통해서만 가능하다.

　르완다에서 두 주간 머물며 지방 여러 곳을 방문하면서 만난 많은 친구들이 비참한 내전의 참상을 이야기하며, 묻지도 않았는데 이렇게 말을 했다.

　"그래도 저는 다른 사람들처럼 살인은 하지 않았어요!"

　20년이 훨씬 지난 지금도 대학살 당시 부모를 잃고 험한 세상에 버려진 아이들은 해마다 4월이 되면 당시의 기억으로 괴로워한다. 2001년 르완다의 대학 캠퍼스 학생 지도자들을 만날 기회가 있었는데, 이들은 이구동성으로 가슴속에 가득한 두려움과 분노에서 벗어날 수 있도록 도와 달라고 했다. 누가 이들의 고통스러운 내면의 아픔을 치유해 줄 수 있을까?

　다시금 좋은 지도자와 진정한 어른의 중요성을 강조하지 않을 수 없다. 바로 그들 스스로 좋은 지도자가 되어야만 나라 전반에 가득한 상처를 치유할 수 있기 때문이다. 좋은 지

도자들! 부모의 마음을 가진 진정한 어른들! 아픈 영혼과 함께 울어 줄 수 있는 마음을 소유한 겸손하고 참된 부모들! 자신의 이익이 아니라 백성을 위해 헌신하며 섬기는 지도자들! 그런 지도자들을 일으키기 위해 시작된 쌤 운동을 통해 많은 청년들이 아프리카에 빛이 들어오는 통로가 될 수 있기를 기대해 본다.

쌤은 우리에게 아프리카의 밝은 미래를 보여 주었다. 쌤 모임을 통해 학생들 마음 깊은 곳에 자리한 상처를 조금이나마 치유할 수 있었다는 것은 놀라운 선물이다. 이 시간을 넘어서지 못한다면 이들이 한마음으로 아프리카를 변화시켜 갈 수 없을 것이다.

쌤 운동을 통해 학생들과 나누고자 하는 가장 큰 메시지는 "일어나라!(Arise!)"이다. 내면에 숨겨져 있는 잠재력을 볼 수 있도록 일깨워서, 세상을 변화시키며 살아가도록 돕는 일이 쌤 운동이다. 아프리카를 바꿀 수 있는 가장 강력한 힘은 이들 청년들이 일어나는 것이다.

매번 컨퍼런스 마지막 날은 지도에 사인을 하는 '맵핑 데이 Mapping Day'로 자신에게 약속하는 의미를 갖는다. 각자 자발적으로 나와서 '아프리카를 위해 자신을 드리겠다'고 서원하며 지도에 서명한다.

▲ 대학생들이 아프리카를 위해 헌신하겠다고 다짐하며 아프리카 대륙이 그려진 현수막 위에 사인을 하고 있다.

◀ 2009년 2주간에 걸쳐 진행된 제1회 리더십 컨퍼런스를 마치고 다 함께 기념 촬영을 했다.(사진 중앙의 파란색 상의가 필자)

후일 학생들이 '쌤 하베스트 컨퍼런스^SAM Harvest Conference'라고 이름 붙인 이 모임은 매년 한 번 이상 열려서 2017년까지 총 12회 진행되었고, 지금까지 1만 명 가까운 대학생들이 참여한 쌤 운동의 핵심으로 자리 잡았다.

쌤 운동은 국적과 부족, 정치 이념, 종교를 초월하여 같은 환경에서 잠을 자고 같은 음식을 먹으며 토론하고 꿈을 나누는, 지구촌의 미래 주인들이 함께하는 모임이다. 초창기에는 한국인이 주도하고 이끌었지만, 이제는 더 이상 외부인의 도움을 필요로 하지 않는다. 아프리카 지도자들이 준비부터 진행과 마무리를 스스로 이끌어 가면서 수준 높고 알찬 모임을 만들어 가고 있다. 이들은 쌤 운동을 '레제샤^Rejesha 회복, 개혁'라고 부르며 전 아프리카의 변화를 꿈꾸기 시작했고, 갈수록 많은 청년들이 모이고 있다. 쌤은 아프리카 학생 운동 단체로 케냐 정부에 등록되어 있지만, 이미 케냐를 넘어 우간다와 탄자니아에서도 시작되었다.

'세대를 변화시켜 나라를 새롭게 건설하자!(Transforming Generations, Rebuilding the Nations!)'

이것은 아프리카 청년들이 쌤을 통해 이루고 싶은 마음으로 만든 모토이다. 가슴에 불이 붙은 청년들은 어느 나라, 어떤 직장에 가든 그 땅과 공동체를 변화시켜 나갈 것이다. 불의와 타협하지 않고, 나태하지 않으며, 최선을 다해 진리 안에서 아프리카를 바꾸어 갈 것이다.

평생을 교사로 살아온 이경미 선생님은 일찍 명예퇴직을 하고 케냐 쌤에서 3년간 청년들의 어머니로 살았다. 케냐보다

아프리카에 희망은 있을까?

가난했던 한국이 어떻게 이렇게 성장할 수 있었는지도 전하며, 레제샤 운동이 깊이 뿌리내릴 수 있도록 도왔다. 아무것도 갖추어지지 않았던 초창기에 이렇게 조건 없이 찾아와 자신을 희생한 많은 사람들이 있었기에 이 모든 일들이 가능했다. 이들의 소중한 발걸음을 통해 무엇을 해야 할지 몰랐던 청년들이 눈을 뜨고 아프리카 전체를 향한 큰 꿈을 꾸기 시작했다.

고삐 없는 야생마, 잭슨 무고

이렇게 강렬한 눈빛을 지닌 친구를 아프리카에서 본 적이 없었다. 내면에 강렬한 불길이 활활 타오르고 있었고, 온몸의 세포에서 넘쳐흐르는 뜨거운 열정은 스스로 주체하기가 어려울 정도였다. 잭슨 무고Jackson Mugo는 1987년 가난한 집안에서 열 명의 형제 중 다섯 번째로 태어났다. 초등학교를 마치고 공부를 하고 싶었지만 가난한 부모는 학비를 지원할 수가 없어 2년 동안 집에서 허송세월해야만 했다. 이 시기가 잭슨에게는 인생에서 가장 고통스러운 시간이었다. 사방으로 도움의 손길을 찾던 중 기적처럼 후원자를 만나 꿈에 그리던 고등학교를 다닐 수 있었던 잭슨은, 마침내 가문에서 처음으로 국립 나이로비 대학교 사범대학에 입학했다. 하지만 누구도 입학금을 도와줄 수 없었기에 건축 현장에서 마노동을 하며 학비를 마련해야 했다. 그러던 중 쌤에서 진행하던 장학금 혜택을 받아서 대학교를 무사히 졸업할 수 있었다. 잭슨은 그 후 쌤

▲ 아프리카 쌤의 핵심 지도자 가운데 한 명으로 성장한 잭슨 무고. 그의 강렬한 첫인상은 잊
   을 수가 없다.

에서 진행하는 지도자 훈련 과정을 거쳐, 팀앤팀 타나리버^{Tana} River 지역 현장에서 2년 이상 일하게 된다.

타나리버는 소말리아 국경을 접하고 있는 지역으로, 케냐의 47개 군에서 43번째로 가난하고 환경이 열악한 땅이다. 기독교인과 무슬림이 함께 거주하고 유목 민족과 농경 민족이 섞여 살며, 주기적으로 부족 간 갈등이 일어나 수백 명이 살해당하는 곳이기도 하다. 소말리아 알샤바브 전사들이 테러를 자행하면서 대낮에 경찰서를 공격해 사람들을 죽이고 호텔을 폭파하기도 한다. 날씨는 11월부터 3월까지는 대낮 온도가 40도를 웃돌 만큼 더워서 새벽까지도 잠을 잘 수가 없다.

잭슨을 그곳으로 보낸 이유는, 그가 내면에 불타는 열정을 스스로 제어하도록 훈련되어야만 조직에 적응할 수가 있을 것으로 판단했기 때문이다. 당시의 잭슨은 넓은 들판에서 생존을 위해 본능에 따라 살아온 야생마 같았다. 이런 사람이 조직에 들어오면 본인은 물론 공동체에 속한 모든 사람들이 힘들어진다. 그렇다고 이렇게 강력한 잠재력을 지닌 인재를 포기할 수는 없었기에, 일단 팀앤팀 현장에서 훈련을 받도록 했다. 물론 스스로 이 환경을 극복하지 못하면 우리도 이 청년을 포기해야 하는 위험을 감내해야 했다. 잭슨은 수없이 포기할 법한 정말 힘든 과정을 통과해야 했고, 우리는 안타깝지만 홀로 싸우도록 근 2년을 그곳에 둘 수밖에 없었다.

"당시에는 매일 죽고 싶을 정도로 힘들었습니다. 하지만 포기할 수 없었던 것은 그것이 세상에 굴복하는 일이라 생각했기 때문입니다. 남은 인생에 열 배 더 힘든 상황이 올 수도 있는데 이 환경이 어렵다고 포기하는 것은 수치스럽다고 생각했습니다."

2년이 지나자 현장 지도자들은 잭슨이 잘 적응하며 맡긴 일을 제대로 처리하고 있다고 보고하기 시작했다. 가끔 현장에 내려가면 힘들어 찌든 얼굴이 아니라 즐거움과 보람이 가득한 모습을 볼 수 있어서 훈련을 마무리하기로 했다.

"이제는 나이로비로 돌아와서 쌤 훈련원장을 맡아 줄 수 있겠지?"

잭슨이 그 제안을 받아들인 것은 물론이고, 거의 뛸 듯이 기뻐했다.

"물론이죠. 제가 유일하게 잘할 수 있는 일이 학생들을 훈련하는 일이에요. 사실 몇 개월 뒤에 결혼을 할 계획인데, 아내와 멀리 떨어져야 하는 일로 많이 고민하고 있었어요."

2014년 말, 잭슨은 나이로비로 복귀해서 쌤 지도자 훈련 과정(DNA 프로그램)의 총책임을 맡아서 훌륭하게 이끌어 가기 시작했다. 그리고 현재 아프리카 쌤의 핵심 지도자 중 한 명인 최고 위원 멤버로 일하고 있다.

인생의 전환점이 된 디엔에이DNA 프로그램

"제 인생의 가장 극적인 전환점은 바로 디엔에이DNA 훈련입니다. 나를 뛰어넘어 세상을 본다는 생각은 한 번도 해 본 적 없이 살아오던 나에게 디엔에이 프로그램은 지구촌 전부를 볼 수 있는 눈을 뜨게 해 주었습니다. 얼마나 우물 안 개구리로 살았는지 비로소 깨닫기 시작했습니다."

훈련원장 잭슨의 고백은 사실 훈련에 참가하는 대부분 학생들의 공통된 생각이기도 하다. 아프리카에서도 낙후된 지방, 가난한 집안에서 자라난 학생들은 가난을 극복하는 것 이상의 삶을 생각해 본 적이 없다. 하루 한 끼만 먹어도 행복해하는 어려운 여건에서 자라난 이들에게 더 큰 세상을 보라는 도전은 어린아이에게 당장 어른이 되라는 것과 같다. 이들에게 합당한 과정을 제공해야 하고 필요한 경험을 할 수 있도록 하지 않으면 꿈을 이루기 전에 좌절하고 말 것이다. 우리는 방학 중에 이들의 가치관을 변화시킬 수 있는 훈련 프로그램을 만들어서 초청했는데, 그것이 바로 '디엔에이 프로그램'이다. 학생들은 3주 동안 합숙하며 공동체 생활을 배우고, 외부 세계와 접할 때 필요한 기본예절을 비롯해 지구촌에서 일어나는 많은 일들을 보고 생각하는 시간을 갖게 된다.

그런데 제1회 디엔에이 프로그램에 참여한 학생들은 그야말로 제멋대로였다. 휴식 후 정시에 모임 장소로 돌아오는 학생은 절반도 되지 않았고, 강의 중에도 일어나 강사 앞을 유유히 걸어 화장실에 가거나 전화를 받으러 나가는 데 거리낌이 없었다. 하지만 회가 거듭될수록 학생들의 태도는 변화되어 갔고, 엄격히 요구되는 프로그램의 규정에 자신들을 맞추어 갔다. 처음엔 외국인들의 강의를 들어 주면 된다고 생각하고 온 청년들이 점차 프로그램의 주인으로 참여하기 시작했고, 매 순간 이 놀라운 선물을 최대한 누리려고 애쓰는 모습으로 변화되어 갔다. 이제는 초기의 부족했던 모습을 벗고, 국제적인 모임이라 해도 손색이 없을 정도로 스스로 수준 높게

▲ 자체 훈련 프로그램 과정을 개발해 운영하고 있는 김대동 소장이 디엔에이DNA 프로그램에 참여한 훈련생들과 함께했다.

운영하고 있다.

프로그램은 디엔에이1, 2, 3으로 각각 3주 동안 진행되는데, 케냐 대학교 학사 일정상 한 번에 3주 이상 시간을 갖는 것이 어렵기 때문이다. '디엔에이1'은 주로 기본적인 가치관, 관계, 지도자로서 갖추어야 할 소양 등을 교육하고, 디엔에이2는 전쟁과 재난, 기근, 질병으로 고통받는 지구촌 현실을 동영상, 영화, 사진으로 전달하며 많은 토론을 통해 자신들이 무엇을 할 수 있는지를 보게 한다. 또한 이런 일에 직접 참여하고 있는 국제기구, 유엔, 구호 단체들과 많은 현장 활동가들을 소개하고 정부의 중요한 역할 또한 강조해서 이들이 국제사회와 자국 정부의 유능한 지도자들이 될 수 있도록 돕는다. 최종 과정인 디엔에이3은 실제 현장에 투입되어 원하면 3개월 내지 6개월을 보내는 시간으로, 좋은 평가를 받고 장기적으로 일하고자 하면 팀앤팀이나 쎔에서 정규직으로 일할 수 있도록 한다. 통상 디엔에이1과 2는 한 번에 80명 내지 100명 정도가 참여하며, 디엔에이3은 졸업한 학생들이 참여할 수 있기에 5명 내지 10명 정도가 지원한다. 팀앤팀 정보전략연구소 김대동 소장은 오랫동안 자체 훈련 과정으로 '국제지도자 훈련 Global Action ' 프로그램을 개발, 운영해 왔다. 이 프로그램은 당면한 지구촌의 이슈들, 특히 전쟁, 재난과 같이 인간의 기본권을 파괴하는 영역들을 다루며, 어떻게 대처할 수 있을지를 고민하게 한다. 우리나라도 몇 년 전부터는 팀앤팀 국제개발원 IDI 김두연 원장 주도로 전국 50여 개 고등학교와 협약을 맺고 '청소년 국제지도자 훈련 Youth Global Action ' 과정을 학교 단위로 진행하고 있다. 쎔 국제 본부는 김대동 소장의 지원을 받아 청소년 국제지도자 훈련 YGA 과정이 아프리카 대학생들에게 적합하도록 수정된 디엔에이 프로그램을 개발해서 케냐 대학생들을 지원하고 있다.

장학금으로 희망을 찾다

학생들 중에는 교통비가 없어서 모임에 매번 참석하는 것을 힘들어하는 이들이 있다. 어릴 때 부모가 죽었거나, 아버지가 가족을 떠나서 홀어머니나 조부모 밑에서 어렵게 성장한 청년들이 많다. 어쩌다 친척들이 돌보아 주긴 하지만 대학생들의 학비까지 지불할 수 있는 여력은 없다. 국립 대학은 학비가 저렴하지만 몇 년간 휴학을 하고 돈을 모아야 계속 공부할 수 있는 학생들이 많다. 그렇게 어렵게 학비를 마련해도 생활비가 부족한 학생들은 늘 배고픔 속에 공부해야 한다.

"쌤 장학금을 받지 못했다면 내 인생이 과연 어떻게 되었을지 상상하기도 두렵습니다. 어둡고 암울했던 시절, 한 발자국도 움직일 수 없었던 시기에 나를 빛으로 이끌어 준 천사와 같았습니다."

쌤 케냐 대표를 맡고 있는 안토니Anthony는 여덟 살에 아버지를, 열네 살에 엄마를 병으로 잃고 네 살 어린 동생과 함께 졸지에 고아가 되었다. 다행히도 좋은 양부모에게 동생과 함께 입양되었지만, 어린 나이에 엄마마저 갑자기 떠난 충격을 이기지 못하고 극심한 우울증에 시달리며 하루 종일 울기만 해 주변 사람들을 안타깝게 했다. 하지만 동생을 돌봐야 한다는 일념으로 다시 공부를 시작하여 한국의 과학기술대학과 같은 아프리카 최고 수준의 조모케냐타Jomo Kenyatta 과학기술농업대학 컴퓨터공학과에 입학하였다. 동생 또한 수능 전국 최상위에 오를 정도로 성적이 좋아, 나이로비 대학 의대 졸업반이다.

여전히 어린 시절의 아픔 속에서 힘들어하던 안토니는 쌤 운동을 만나면서 인생의 전환점을 맞게 된다. 2009년 쌤에서 주최한 아프리카 지도자들을 위한 특별 훈련 프로그램에 참가한 안토니는 평생 자신을 괴롭히던 어둠에서 벗어날 수 있었고, 이후 쌤 장학금 혜택으로 무사히 학교를 졸업한다.

그 후 팀앤팀 타나리버 현장에 투입되어 7개월간 모든 지

▲ 장학생으로 선발된 학생들과의 간담회.

부의 전산화 작업을 이끌었고, 2016년부터 고향인 쌤으로 돌아와 케냐 책임자로 일하고 있다. 안토니는 쌤 활동에서 만난 지금의 아내와 결혼해서 두 살짜리 아들과 함께 행복하게 살고 있다.

쌤 아프리카에서 운영하는 장학금 제도는 수백 명의 학생들을 좌절에서 빛으로 이끌며 희망의 상징이 되고 있다. 이 제도는 'IWL 파트너스'의 박대혁, 정희경 회장 부부의 지원으로 시작되어, 수년간 매해 40명 이상의 쌤 소속 대학생들에게 전액 장학금을 지급해 왔다. 지금은 월드휴먼브리지에서 지원하고 있으며, 한번 선발된 학생들은 자격 조건만 유지하면 졸업할 때까지 지원을 받는다.

나는 쌤 장학금을 받는 학생들에게 이렇게 이야기해 주곤 한다.

"우리에게 빚을 갚을 필요는 없습니다. 하지만 사회에 나가면 어려웠던 여러분처럼 도움이 필요한 사람들의 손을 잡아 주십시오. 좌절 속에 있는 사람들에게, 세상이 어두워 보여도 성실하게 최선을 다하면 빛은 어디에나 있음을 알게 해 주십시오."

이 말은 나의 학창 시절 중단해야 했던 학업을 지속할 수 있도록 도와주신 은사님의 말씀이다. 내가 그러했듯이, 이들 또한 누군가에게 이 빚을 갚아 갈 수 있기를 기대해 본다.

아프리카에 희망은 있을까?

수천 년 이어진 아프리카 부족 공동체

아프리카에는 지구상에 있는 모든 사람들에게 필요한 지하자원이 풍부하게 묻혀 있다. 이들은 외부 세계와의 교류 없이도 부유함을 누리며 살 수 있다. 하지만 아프리카에는 '보이지 않는 더 소중한 보물'이 있다. 바로 이 땅에서 살아온 사람들과 이들이 만들어 온 가치관이다.

서구 사회는 경쟁을 통해 발전해 왔다. 유럽의 역사는 생존을 위해 끝없이 새로운 길을 개척해 온 사람들의 이야기다. 이 개척의 과정은 많은 경우 무력 충돌을 가져왔고, 전쟁을 피할 수 없었다. 북구에 살던 바이킹 족은 기원 전부터 추위를 피해 서서히 따뜻한 남쪽으로 이동해 왔고, 수시로 유럽 전역을 돌아다니며 필요한 것을 무력으로 약탈하고 살상과 파괴를 자행했다. 서유럽의 지도를 통째로 바꾸어 놓은 게르만족의 대이동은 어느 날 동쪽에서 공격해 오는 훈족을 피해 살길을 찾으며 시작되었고, 결국 476년 서로마를 멸망시켰다. 이들은 더 좋은 환경을 위해 끝없이 도전하며 살아야 했다. 강자는 살아남았고, 약자는 도태되어야 했다.

하지만 아프리카는 부족의 깊고 끈끈한 공동체를 기반으로 수천 년을 내려왔다. 이들은 경쟁이 아닌 공존의 바탕 위에서, 더불어 살아가는 공동 운명체 가족으로 살아왔다. 이들 공동체는 '나' 아닌 '우리'의 문화 속에, 서로 배려하는 마음 위에 세워진다.

이들에게도 부족 간의 갈등은 늘 있었지만, 대부분 자신들의 가족 공동체를 지키기 위한 방어였지 영토를 끝없이 확장하려는 약육강식 제로섬 게임과는 달랐다. 물론 지역에 따라 다르고 세월에 따라 점차 변하긴 했지만 서구 사회의 모습과는 본질적으로 달랐다. 가족 공동체를 뿌리로 하는 가치관 속에 살아왔기 때문이다.

유럽 사람들이 아프리카에 처음 들어왔을 때, 순박한 원주민들은 자신들과 같은 사람들일 것이라 생각하고 환영했다. 하지만 어느 순간 착취가 시작되었고, 장장 400년 동안 노예무역과 식민 지배를 통해 깊은 고통과 상처를 주었다. 그러나 아프리카는 증오와 보복보다, 있는 그대로 다시 보듬고 함께 살아가는 쪽을 택했다. 세상은 아직도 이들 속에 있는 소중한 보물을 알아보지 못한다. 이들이 겪은 오랜 고난은 언젠가 나타날 놀라운 열매를 위한 시련인 것을 세상이 알게 될 것이다.

좋은 공동체를 만들기 위한 노력

공동체 가족은 세상의 여느 회사처럼 돈으로 일꾼을 고용하는 방식으로 만들어지지 않는다. 가족 안에서 자녀가 탄생하듯이 공동체 역시 잉태와 출산을 거쳐 자식들이 태어나고 성장한다. 태어나서 좋은 인재로 자라기까지는 부모 된 공동체의 더 많은 수고가 따라야 한다.

여러 후원자들이 팀앤팀은 언제 케냐를 벗어나 다른 나라로 확장해 갈 것인지 질문하곤 했다. 아마 우리가 단순히 현지의 필요만을 해결해 주려 했다면 이미 여러 나라에서 훨씬 크고 많은 일들을 하고 있을 것이다. 하지만 지속적으로 이끌어 갈 수 있는 현지인 공동체가 없다면, 한국인들이 그 나라를 떠나는 즉시 팀앤팀은 문을 닫고 말 것이다. 그동안 우리는 한국과 아프리카에 건강한 자립 공동체를 만드는 데 많은 정성을 드렸다. 특별히 케냐는 전 아프리카를 향한 모판이었기에 현지인들이 주축이 되는 공동체를 형성하는 데 많은 시간을 할애했다. 모판이 건강해야 다른 나라에 좋은 묘목을 옮겨 심을 수 있기 때문이다. 그동안 혼란스러운 시간도 많았고, 여러 차례 시행착오를 반복하면서 현지인 공동체가 서서히 뿌리를 내려 왔다. 이젠 이들 스스로 부모가 되었고, 지속적으로 새로운 자녀들을 출산하면서 건강한 공동체로 성장하고 있다. 이제 아프리카 조직에는 자문 역할을 하는 한국인이 몇 사람 남아 있을 뿐이다. 이들은 업무의 결정에 관여하지 않고 말 그대로 특별히 도움이 필요한 영역에 자문을 하거나 한국과의 연결 고리 이상의 역할을 하지 않는다.

아프리카에 좋은 공동체를 만드는 데 가장 큰 걸림돌은 아이러니하게도 한국 공동체의 미성숙함이었다. 우리 속에 있는 오만함과 무례함은 모든 일에 방해가 되었고, 좋은 아프리카 친구들이 상처를 받고 떠나게 만들었다. 함께 일하는 한국인들은 현지인들이 자랄 수 있도록 기다려 주기보다 노골적으로 무시하며 심지어 멸시하기까지 했다. 아프리카는 아프리카인이 주인이기에 함부로 해서는 안 된다고 아무리 강조해도 소용없었다. 나 자신 역시 이 문제에서 자유롭지 못했고, 아프리카뿐 아니라 한국인 동료들에게도 어려움을 주고 있음을 보게 되었다. 결국 나의 미성숙과 부족함은 내가 더 이상 달려갈 힘을 빼앗아 버렸다. 어느 해, 원주에서 열렸던 공동체 가족 모임에서 나는 모두 앞에 무릎을 꿇었다.

"더 이상 달려갈 힘이 없습니다. 여기까지가 제가 할 수 있는 한계입니다."

사람들은 무너진 나의 모습을 보며, 그때까지 뒤에서 지원만 하고 있던 자리에서 일어나 모두 팀앤팀 공동체의 주인이 되고 함께 설립자가 되었다. 이런 이유로 우리 공동체에는 먼저 시작한 사람은 있어도, 특정한 설립자가 없다. 그 이후 한마음으로 국내에 팀앤팀 공동체가 형성되기 시작했고, 본격적으로 아프리카를 품고 그곳에 좋은 공동체의 뿌리를 내리는 일이 시작되었다.

우리는 해마다 전 세계에 흩어져 있던 구성원들이 함께 모여 한 주간 동안 국제 가족 캠프를 갖는다. 케냐, 남아공, 이집트, 수단, 에티오피아, 인도네시아, 베트남, 캄보디아, 중국, 캐나다, 시에라리온 등지에서 떨어져 살던 모든 구성원들이 모인다. 언어로 전달할 수 없는 공동체 가족 간의 유대와 연대감을 서로 확인하며 함께 보내기 위함이다. 재정도 넉넉하지 않은데 왜 이 일을 계속 하는지 가끔 질문을 받기도 한다. 하지만 함께 시간을 보내지 않으면 공동체의 사랑을 피부로 느낄 수 없고, 그들 스스로 또 다른 자녀를 사랑 안에서 낳고 기를 수가 없다.

기능은 훈련으로 습득되지만, 내면의 풍요로움은 사랑을 맛보는 경험을 통해서만 형성된다.

2017년 캠프에도 20여 명의 아프리카 가족들이 들어와서 팀 앤팀 한국 공동체와 함께 설악산에서 한 주를 보냈다. 그리고 국내의 여러 곳을 돌아보며 안목을 넓히고 돌아갔다.

아프리카 공동체는 여전히 연약한 부분이 많지만 스스로 걷기 시작했다. 곧 달리며 날아가는 강력한 힘을 가지고 세상 어디에도 갈 수 있게 될 것이다. 그동안 케냐뿐 아니라 우간다, 탄자니아, 소말리아, 남수단, 시에라리온, 이집트 등지에서 크고 중요한 일들을 많이 했지만, 대부분 한국인들이 주축이 되어 현지인들을 이끌면서 수행했다. 인도네시아와 베트남에서도 많은 일을 했는데, 그 중심에는 언제나 한국인들이 있었다. 하지만 2013년부터 한국 정부 지원으로 유엔난민위원회와 함께 시작한 카쿠마 난민촌 사업은 에티오피아인 길마의 지도력 아래 아프리카 공동체가 만들어 낸 훌륭한 성과다. 사업 결과 평가를 위해 방문한 한국 외교부 감사팀조차 '어떤 국제 조직에 비교해도 손색이 없는 결과'라고 극찬을 하고 돌아갔다. 2014년 말에 시작한 시에라리온 에볼라 긴급구호 역시 쎔에서 훈련된 청년들이 팀앤팀 지도자로 성장해서 이룬 열매다. 이들은 위험하고 어려운 에볼라 현장에 두려움 없이 자원했고, 수많은 구호 단체, 유엔 팀과의 협력 현장에 훌륭하게 대처했다. 2017년 7월 31일부터 8월 나흘간 캄팔라에서 있었던 우간다 대학생 지도자 SAM Harvest Conference 집회 역시 전적으로 아프리카 청년들이 준비하고 진행한 행사였다. 우간다, 케냐, 부룬디, 탄자니아, 르완다, 남수단, 콩고 등지에서 모인 500여 명의 청년들 가슴에 가득한 아프리카를 변화시키고자 하는 강렬한 열기는 그 누구도 막을 수 없어 보였다.

2015년이 우리 공동체에 특별한 것은 아프리카 자녀들이 케냐를 벗어나 다른 나라에서 자신들의 힘으로 일을 시작했기 때문이다. 현재 팀앤팀 아프리카의 모든 현장은 쌤에서 훈련받은 청년들이 행정, 재정, 현장 실무를 책임지고 여러 가지 시행착오를 극복하며 좋은 지도자로 성장하고 있다. 이들에게 앞으로도 많은 어려움들이 있겠지만 훌륭하게 극복할 수 있을 것이다. 이들은 혼자가 아니라 공동체와 함께 있고, 온갖 험한 풍파를 이겨 내며 생성된 강인한 생명력을 지녔기 때문이다. 이들을 곁에서 보는 우리 마음엔 장성한 자녀를 보는 부모의 기쁨 같은 말로 표현하기 힘든 깊은 감동이 있다.

우리 공동체는 여전히 작고 보잘것없지만, 눈으로 볼 수 없는 강력한 생명이 내면에 가득하다. 그리고 이 생명이 맺을 열매가 이 길로 부르신 신께 드릴 수 있는 가장 값진 선물일 것이다.

아프리카 공동체 부모님

메리 오딩가Mary Odinga 대사는 케냐와 동아프리카 외교가의 전설적인 인물로, 한국과 일본 주재 케냐 대사를 비롯해서 이집트를 비롯한 유럽 주재 케냐 대사를 오랫동안 역임했다. 신생 국가 케냐가 유럽과 호주, 중동 지역 및 많은 아프리카 국가에 대사관을 신설할 때 대부분 초대 대사로서 기반을 놓는 역할을 했다. 유엔에서도 오랫동안 케냐 대표로 파견되어 일을 했고, 케냐 외교부 차관까지 역임한 후 지금은 은퇴해서 대학에서 강의도 하고 신임 외교관들을 교육하기도 한다.

오딩가 대사는 오랜 선진국 경험을 통해 아프리카의 미래는 청년들에게 달려 있음을 알기에 디엔에이 프로그램에 매번 와서 꿈을 심어 준다. 평생 결혼을 하지 않은 몸으로 국가를 위해 해외에서 살아온 대사는 두 명의 입양한 딸을 돌보며 팀앤팀과 쌤 아프리카를 친자식처럼 가슴에 품고 산다. 아프리카 공동체에서는 오딩가 대사를 비롯한 여러 명의 자문 위원들이 아버지와 어머니가 되어 청년들이 열정을 다해 달려갈 수 있도록 보살펴 준다.

나무는 스스로 먹으려고 열매를 맺지 않는다. 처음부터 열매 한가운데에 생명의 씨앗을 감추고 누군가 따서 가져가기를 기다린다. 그것이 자신의 생명이 더 멀리 퍼져 가는 길임을 알기 때문이다. 혹 땅에 떨어져도 씨앗을 감싸고 있는 영양분을 통해 뿌리를 내릴 수 있도록 하는 부모의 깊은 사랑이 들어 있다. 생명의 본성은 끝없이 나누어 주는 섬김과 희생이며, 결코 이기적이지 않다.

생명보다 더 소중한 것은 없다. 지금도 매 순간 셀 수 없는 사람들이 굶주림과 목마름으로 죽어 가고 있다. 또한 쉽게 예방과 치료가 가능한 질병으로 어이없이 생명을 잃고 있지만 도움의 손길은 너무나 미약하다. 이들이 세상으로부터 외면당한 채 죽은 후, 지구촌 공동체는 무엇으로 변명할 것인가? 내 가족이 아니라서? 내 종교를 받아들이지 않아서? 우리나라 사람이 아니라서!

목마른 사람에게 물 한 잔 주는 마음 안에 천국이 있다. 인간이 만든 이기적인 길을 벗어나 광활한 진리의 길, 생명의 길로 가야 할 것이다. 고난 속에 있는 생명을 구하고 돌보는 일이 바로 생명을 창조한 신이 가장 기뻐하는 것이다.

세상에 살면서 생존을 위한 투쟁은 피할 길이 없다. 가족을 돌보기 위해 최선을 다하는 것은 삶의 가장 중요한 의무이기도 하다. 그러나 작더라도 내 삶의 한 부분을 이웃과 나눌 수 있다면 우리의 인생이 더 풍요로워질 수 있다. 마음을 열고 내가 누리는 행복을 세상과 나눌 수 있다면 우리의 삶이 보석같이 빛날 것이고, 세상은 더 밝아질 것이다. 부와 명예를 자신만의 삶 속에 가두어 놓으면, 어둡고 초라해질 수밖에 없다. 이런 어두운 모습으로 살다가 떠난다면 마지막 순간 초라하게 살아온 인생 앞에 부끄러움과 허망함을 느끼게 될 것이다. 어떤 명예와 부를 이루어 놓았다 해도 빈손으로 떠나야 하는 현실 앞에 인생무상을 느끼게 될 것이다.

조용히 혼자 상상해 본다.

모두의 삶을 '조건 없는 나눔의 장터'로 만들어, 지구촌의 평화를 함께 누리는 날을!

"여기에 더 있으면 큰일이 날 것 같아 어떻게든 모시고 가려고 왔는데 그럴 수가 없네요. 이곳에 당신이 꼭 필요하군요."

2015년 5월, 간간히 보내 주는 사진을 보며 걱정이 된 아내가 시에라리온으로 찾아와 한 달간 머물고 떠나면서 한 말입니다. 유럽을 거쳐 먼 길을 돌아 어렵게 찾아온 아내의 눈에 시에라리온은 혼돈과 무질서 그 자체였습니다. 입국 수속하는 관리는 노골적으로 돈을 요구했고, 무엇이든 얻으려는 사람들로 북적대는 공항은 국제공항이 아니라 시골 도떼기시장 같았습니다. 간신히 짐을 찾아 밖으로 나온 아내는 바로 앞에서 기다리는 저를 알아보지 못했습니다. 6개월 동안 체중이 12킬로그램이나 줄고 현장에서 새까맣게 그을린 내 모습이 아프리카 사람들과 구분되지 않았기 때문입니다. 아내가 도착한 5월은 한낮의 뜨거운 태양과 해안 도시이 높은 습도로 하루 종일 땀에 젖은 채 살아야 하는 날씨였습니다. 하지만 불평도 잠시, 다음 날부터 아내는 팀앤팀 식구를 비롯해 우리에게 학비를 지원받으며 함께 지내고 있던 학생들 십여 명의 음식을 챙겨 주는 일에 빠져 살았습니다. 아내가 떠나는 날, 아이들은 모두 눈물범벅이 되었습니다. 태어나서 처음 받아 본 따뜻한 사랑이 잠시나마 그들을 행복하게 해 주었던 듯합니다.

지난 3년의 시에라리온 긴급구호는 육체적으로도 많이 힘들었지만, 밝은 미래가 보이지 않는 아프리카의 암울한 현실 앞에 마음이 몹시 아픈 시간이었습니다. 오랜 내전으로 대다수 국민이 문맹이고, 산모와 유아 사망률이 세계에서 가장 높으며, 수많은 사람들이 굶주림과 질병의 고통에 허덕이는 나라. 국제 사회는 시에라리온이 여러 광물 자원 매장량이 세계 최상위권임에도 극심한 가난에서 벗어나지 못하는 이유를 이 나라 지도자들의 심각한 부패로 진단하고 있습니다. 주민을 돕기 위해 들어와 일하는 유엔과 구호 단체조차도 자신들의 필요를 위해 착취하는 대상으로 여기는 관리들이 한심하기도 했지만, 그럴 수밖에 없는 이 나라 현실이 안타깝기만 했습니다. 이들과의 끝없는 씨름에 지친 동료를 고국으로 돌려보내고 공항에서 돌아오는 발걸음은 늘 서글프기만 했습니다. 하지만 그렇다고 해서 우리마저 그들을 포기할 수는 없었습니다. 결국 피해를 받는 이들은 가난하고 병든 주민들이기 때문입니다.

시에라리온을 비롯한 아프리카 땅이 변화하기 위해서는 내부에서 참된 지도자들이 일어나야 한다고 생각했습니다. 그러한 생각으로 시작한 대학생지도자운동인 쌤SAM이 벌써 10

년이 되었습니다. 이미 몇 해 전 탄자니아로 번진 쌤의 불길이 이제 우간다로 강하게 옮겨 가고 있습니다. 2017년 7월 31일부터 5일간 우간다 국립 마케레레^{Makerere} 대학교의 학생 500명을 중심으로 제1회 우간다 쌤 하베스트 컨퍼런스가 열렸습니다. 이 불길은 점차 전 아프리카의 각계각층으로 퍼져 갈 것이고, 고통 속에서 신음하는 사람들과 함께하는 팀앤팀 현장으로도 들어와 세상을 살리며 변화시켜 갈 것입니다.

이 생명의 불길이 여러분에게 초청의 손길을 보내고 있습니다.

~~~~~~ 부록

팀앤팀
식수 지원
사업

팀앤팀은 세계의 분쟁, 재난 지역으로 들어가 긴급구호와 지역 사회 개발을 통해 조건 없는 사랑을 실천하는 공동체입니다. 팀앤팀은 1999년 동부 아프리카 케냐와 탄자니아에서 활동을 시작하였고 현재 한국, 케냐, 시에라리온, 남수단, 소말리아, 인도네시아, 캐나다에 NGO로 등록되어 긴급구호와 개발 사업을 수행하는 국제 구호 개발 단체입니다. 지구촌 오지를 비롯해 국경 지역의 물 부족과 수인성 질병으로 고통받는 사람들에게 찾아가 가장 기본적인 식수를 공급하여 기초 보건 위생 사업을, 그 외 재난 지역에서는 긴급구호 및 초기 복구 사업을 벌이고 있습니다.

지하수
개발

사하라 이남 아프리카의 인구 중 40% 이상은 아직도 깨끗한 식수를 공급받지 못하고 있습니다. 팀앤팀 지하수 개발 전문팀은 동아프리카와 서아프리카 여러 지역의 오지에서 지역 주민들에게 깨끗한 물을 공급하고 있습니다. 지하수 펌프 한 개는 천여 명에게 깨끗한 물을 제공합니다.

긴급
구호

재난 및 분쟁 지역 사람들의 삶에 절대적으로 필요한 식수 공급과 보건 위생 지원을 위해 비상 식수 시설 지원, 식수 위생 보급 상자 등을 지원합니다. 팀앤팀은 재난 발생 후 피해 주민들이 비위생적인 환경에 의한 에볼라, 콜레라 전염 같은 2차 피해 예방을 목표로 긴급구호를 진행합니다. 긴급구호 이후 피해 지역 주민 지원을 위한 복구 및 재건 사업을 순차적으로 지원합니다.

빗물 저장
프로그램

건기와 우기의 구분이 분명한 동남아시아에서는 지역마다
차이가 있지만, 빗물을 이용한 식수 자원이 효과적입니다.
인도네시아에서 진행되는 식수 공급, 주택과 학교 건축 등의 지역 개발 사업에는 빗
물 저장 프로그램을 통해 주민들이 필요한 물을 이용할 수 있도록 지원합니다. 팀앤
팀은 빗물을 흘려보내는 파이프와 저장 탱크에 위생 장치를 추가해 물탱크 안의 오염
을 현격하게 줄인 빗물 저장 프로그램을 진행하고 있습니다.

샘물 집수
프로그램

주로 산속에서 자연 발생적으로 솟아나는 샘물은 지역 주
민에게 공급하기에 가장 좋은 식수원입니다. 오염되지 않
은 샘물에 보호 장치를 설치하고 파이프를 통해 마을의 물탱크와 연결해 깨끗한 식수
를 공급합니다. 팀앤팀은 남수단 보마 지역에서 샘물 집수 프로그램 진행을 통해 두
개의 마을과 병원, 학교에 식수를 공급하여 5만 명의 지역 주민에게 깨끗한 물을 지
원하고 있습니다.

워터팬
오아시스

워터팬 오아시스는 지하수가 없는 지역에 만들어지는 축
구장 규모의 빗물 저수지로 2만 톤을 저장할 수 있는 대규
모 식수 자원 프로그램입니다. 주민에게 필요한 식수를 안정적으로 공급하고, 가축과
농업에 필요한 물을 공급합니다. 워터팬이 완성되면 식수원을 중심으로 유목민들의
정착 마을이 조성되고 지역 개발의 토대가 만들어집니다. 워터팬이 설치된 지역에는
주민의 안전한 식수 사용을 위해 BSF Biosand Filter 정수기를 함께 보급하고 있습니다.

BSF 정수기 지원

BSF 정수기는 모래와 자갈로 이루어져 누구라도 쉽게 제작, 관리할 수 있습니다. 탬앤팀은 워터팬이 조성되는 지역의 주민을 대상으로 BSF 정수기를 지원합니다. BSF 정수기는 약 99% 이상의 박테리아와 병원균 등을 걸러 내어 전 세계적으로 효과가 입증되었고, 별도의 유지 관리 비용이 발생하지 않아 반영구적으로 사용할 수 있습니다.

펌프 수리

주민의 건강을 지키고 목마름을 채워 주던 고마운 펌프지만 제대로 관리되지 않으면 결국 고장 난 채 버려지고 맙니다. 그러면 주민들은 다시 예전처럼 몇 시간이고 걸어서 어디 있을지 모를 물웅덩이를 찾아 더러운 물을 마시는 생활로 돌아가게 됩니다. 탬앤팀은 펌프 수리팀을 구성, 지역 수자원부와 협력해 펌프 수리 사업을 하고 있습니다. 펌프 수리는 간단한 부품 교체와 적은 비용으로 지하수 펌프 1공을 새롭게 개발하는 것과 같은 효과를 냅니다.

보건 위생

깨끗한 식수 지원과 함께 보건 위생 지원은 아프리카 아이들이 아프지 않고 건강하게 생활하도록 지원하기 위해 반드시 필요합니다. 기본적인 위생 교육과 보건 위생 구축을 통해 질병의 70% 이상을 예방할 수 있습니다. 아이들의 건강한 성장과 아프리카 가정의 깨끗한 위생 환경 지원을 위해 올바른 위생 환경에 대한 인식 개선 활동과 손 씻기, 쓰레기 처리 등의 보건 위생 기초 교육과 위생 시설을 지원합니다.

팀앤팀
구호 활동 연혁

- 지진 피해 지역 위생 키트 333세트 보급
- 식수 저장 시설 83개 보급
- 이재민 대피소 내 간이 화장실 20동 설치

에콰도르
2016

- 지하수(수동 펌프) 68공 개발
- 지하수(Solar 가동 수중 펌프 및 중력식 상수도 시스템) 4개 개발
- 인력 관정* 40개 보수
- 펌프 480개 수리
- 보건 위생 캠페인 480개 마을
- 홍수 및 산사태 피해 지역 위생 키트 및 NFI(Non Food Item) 500세트 보급

시에라리온
2015~17

- 지하수(핸드 펌프) 10공 개발
- 펌프 30개 수리
- 지하수(핸드 펌프) 4공 개발(2017년)

우간다
2009
2016~17

• 인력 관정: 사람들이 수작업으로 판 우물.

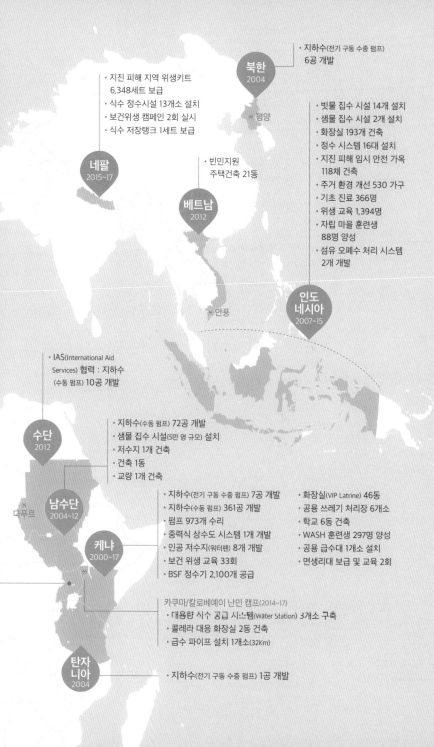

북한
2004

- 지하수(전기 구동 수중 펌프)
  6공 개발

네팔
2015~17

- 지진 피해 지역 위생키트
  6,348세트 보급
- 식수 정수시설 13개소 설치
- 보건위생 캠페인 2회 실시
- 식수 저장탱크 1세트 보급

✱ 평양

- 빗물 집수 시설 14개 설치
- 샘물 집수 시설 2개 설치
- 화장실 193개 건축
- 정수 시스템 16대 설치
- 지진 피해 임시 안전 가옥
  118채 건축
- 주거 환경 개선 530 가구
- 기초 진료 366명
- 위생 교육 1,394명
- 자립 마을 훈련생
  88명 양성
- 섬유 오폐수 처리 시스템
  2개 개발

베트남
2012

- 빈민지원
  주택건축 21동

✱ 안풍

**인도
네시아**
2007~15

- IAS(International Aid
  Services) 협력 : 지하수
  (수동 펌프) 10공 개발

수단
2012

- 지하수(수동 펌프) 72공 개발
- 샘물 집수 시설(5만 명 규모) 설치
- 저수지 1개 건축
- 건축 1동
- 교량 1개 건축

남수단
2004~12

✱ 다푸르

- 지하수(전기 구동 수중 펌프) 7공 개발
- 지하수(수동 펌프) 361공 개발
- 펌프 973개 수리
- 중력식 상수도 시스템 1개 개발
- 인공 저수지(워터팬) 8개 개발
- 보건 위생 교육 33회
- BSF 정수기 2,100개 공급

- 화장실(VIP Latrine) 46동
- 공용 쓰레기 처리장 6개소
- 학교 6동 건축
- WASH 훈련생 297명 양성
- 공용 급수대 1개소 설치
- 면생리대 보급 및 교육 2회

케냐
2000~17

✱

카쿠마/칼로베에이 난민 캠프(2014~17)
- 대용량 식수 공급 시스템(Water Station) 3개소 구축
- 콜레라 대응 화장실 2동 건축
- 급수 파이프 설치 1개소(32Km)

**탄자
니아**
2004

- 지하수(전기 구동 수중 펌프) 1공 개발

팀앤팀 세계 연락처

(사)팀앤팀 Team & Team International

서울 서초구 동광로 19길 19 그랜드빌딩 4층
전화 02-3472-2225, 2296   팩스 02-3472-9641
홈페이지 www.teamandteam.org   영문 홈페이지 www.teamandteamint.org
Facebook www.facebook.com/teamandteam   Twitter https://twitter.com/teamandteam
네이버 블로그 http://blog.naver.com/teamandteamint
해피빈 http://happylog.naver.com/teamandteam.do

팀앤팀 케냐 Team & Team Kenya

House No. 33, Jacaranda Avenue, off Gitanga Road, Lavington, Nairobi, Kenya P.O. Box 25225-00603
전화 254-734-817-866   대표 E-mail nairobi@teamandteamint.org

팀앤팀 시에라리온 Team & Team Sierra Leone

#26 Falaba Road, Portloko, Sierra Leone
전화 232-761-65751   대표 Email sierraleone@teamandteamint.org

팀앤팀 우간다 Team & Team Africa

P.O. Box 190 Kampala, Uganda
전화 256-706-522-368   대표 Email uganda@teamandteamint.org

팀앤팀 남수단 Team & Team South Sudan

팀앤팀 남수단은 2013년 12월에 발발한 남수단 내전으로 현재 잠정적으로 활동을 중단하고 있으며
임시 사무실을 팀앤팀 우간다로 옮겨 와 우간다와 남수단 접경 지역인 아주마니(Adjumani)의 난민캠프로
피난 중인 남수단 난민들을 대상으로 활동 중이다.
P.O. Box 190 Kampala, Uganda
전화 211-924-411-916(South Sudan), 256-785-251-339(Uganda), 254-706-563-930(Kenya)
대표 Email timothylee@teamandteamint.org

팀앤팀 소말리아 Team & Team Somalia

팀앤팀 소말리아는 2005년 4월, 소말리아 정부로부터 최초로 허가받은 NGO로 등록되어 소년병 출신의
청년들을 대상으로 직업 훈련 프로그램을 진행한 바 있다. 약 1년간 진행해 오던 중 소말리아 해적의
대한민국 원양어선 납치 사건으로 대한민국 국민의 여행 금지 국가로 지정됨으로써 아쉽게도 현재까지
활동이 잠정 중단 상태에 있다.

팀앤팀 인도네시아 JUBIT INTERNATIONAL

2004년 반다아체(Banda Aceh)에서 발생한 쓰나미와 지진 피해를 위한 긴급구호 활동과 식수 공급 활동을
전개하면서 시작된 팀앤팀 인도네시아 지부는, 2015년부터 'JUBIT INTERNATIONAL'이라는 현지 NGO로 독립하여
팀앤팀과는 파트너십으로 활동하고 있다.
전화 62-751-47651, 62-813-216-85670
대표 Email jeshin@hanmail.net, lsm.tti@gmail.com

1퍼센트의 희망이라도

1판 1쇄 발행 2017년 11월 1일 | 1판 5쇄 발행 2019년 1월 15일

지은이 이용주
펴낸이 조재은 | 펴낸곳 (주)양철북출판사
등록 제25100-2002-380호(2001년 11월 21일)
편집 박선주 김명옥 | 일러스트 고정순
디자인 육수정 | 마케팅 조희정 | 관리 정영주
주소 서울시 마포구 양화로8길 17-9
전화 02-335-6407 | 팩스 0505-335-6408
ISBN 978-89-6372-262-7 03810 | 값 13,000원

카페 cafe.daum.net/tindrum
블로그 blog.naver.com/tin_drum
페이스북 facebook.com/tindrum2001
잘못된 책은 바꾸어 드립니다.

＊이 책은 한국출판문화산업진흥원의 출판콘텐츠 창작자금을 지원받아 제작되었습니다.